SOLITÁRIA

ELIANA ALVES CRUZ

Solitária

7ª reimpressão

COMPANHIA DAS LETRAS

Copyright © 2022 by Eliana Alves Cruz

Grafia atualizada segundo o Acordo Ortográfico da Língua Portuguesa de 1990, que entrou em vigor no Brasil em 2009.

Capa e ilustração
Giulia Fagundes

Preparação
Gabriele Fernandes

Revisão
Clara Diament
Marise Leal

Os personagens e as situações desta obra são reais apenas no universo da ficção; não se referem a pessoas e fatos concretos, e não emitem opinião sobre eles.

Dados Internacionais de Catalogação na Publicação (CIP)
(Câmara Brasileira do Livro, SP, Brasil)

Cruz, Eliana Alves
    Solitária / Eliana Alves Cruz. — 1ª ed. — São Paulo :
Companhia das Letras, 2022.

    ISBN 978-65-5921-234-7

    1. Ficção brasileira I. Título.

21-95808   CDD-B869.3

Índice para catálogo sistemático:
1. Ficção : Literatura brasileira B869.3

Eliete Marques da Silva – Bibliotecária – CRB-8/9380

Todos os direitos desta edição reservados à
EDITORA SCHWARCZ S.A.
Rua Bandeira Paulista, 702, cj. 32
04532-002 — São Paulo — SP
Telefone: (11) 3707-3500
www.companhiadasletras.com.br
www.blogdacompanhia.com.br
facebook.com/companhiadasletras
instagram.com/companhiadasletras
twitter.com/cialetras

Sumário

PRIMEIRA PARTE: MABEL

Quintal, 11

Planta baixa, 15

Piscina, 22

Cozinha, 24

Escritório, 27

Portaria, 31

Salão de festas, 35

Portão, 38

Calçada, 41

Quarto do bebê, 43

Escadas, 47

Banheiro, 54

Pracinha, 58

Recepção, 62

Banheirinho, 65

Janela, 68

SEGUNDA PARTE: EUNICE

Quintal, 75

Sala de estar, 78

Jardim, 81

Parede, 85

Quarto de despejo, 89

Salinha, 93

Área de serviço, 96

Capela, 99

Porta de entrada, 105

Chão, 112

Criada-muda, 116

Telefone, 123

Espelho de cristal, 127

Laje, 132

TERCEIRA PARTE: SOLITÁRIAS

Quarto de empregada, 139

Quarto de porteiro, 146

Quarto de hospital, 151

Quarto de descanso, 158

Para minha tia Maria da Glória, a Dodó, cujo rosto nunca vi e de quem apenas sei que o trabalho nunca a libertou.

PRIMEIRA PARTE

Mabel

Quintal

— Mãe... a senhora precisa se libertar dessas pessoas... A senhora não deve nada a elas, pelo contrário. Mãe... Sou eu, a Mabel, sua filha. Não tenha medo de encarar esse povo que nunca limpou a própria privada!

O sol estava a pino. Um vento quente e sem alívio soprava como lança-chamas. No quintal da nossa pequena casa, mamãe estendia roupas. A cada camisa, calça, toalha pendurada, o suor escorria pela ação do calor — útil para secar as peças mais rapidamente e deixá-las com cores mais vivas —, e misturadas a ele vinham lágrimas, que ela buscava sem sucesso disfarçar. Estávamos ali numa espécie de dança entre os panos ondulando ao vento quente do subúrbio. Uma dança de esconder e revelar.

Eu dizia as frases entre dentes, sem disfarçar a minha raiva, e não omitia nada. Já estávamos ali havia um bom tempo e usei de todos os argumentos para tentar incutir nela a ideia de que precisava enfrentar a família de seus antigos patrões.

Ela parou por meio segundo a tarefa e abaixou a cabeça, com os braços no alto, prendendo o jaleco com meu nome bordado. Depois seguiu muda em seu trabalho de esticar, estender, prender, fechando-se num silêncio desesperador para mim.

Observei a forma paciente como se curvava para pegar as roupas. Era como se, ao estirar os lençóis, as fronhas e as toalhas nos fios longos que formavam uma espécie de teia de uma ponta a outra no nosso quintal, ela fosse também alongando as lembranças e os pensamentos. Ela sempre fazia isso de usar o trabalho doméstico para domar as emoções em ebulição.

Eu, ao contrário, não alongava nada. Estava toda encurtada na paciência. Respiração, fala, pensamentos, tudo entrecortado por um sentimento amargo e represado que transbordava mais que o tanque com roupas de molho.

Meu celular vibrou. Estava em todos os jornais. A mulher para quem minha mãe trabalhara por mais de vinte anos acabava de ser indiciada por um crime terrível. A imprensa havia descoberto que d. Eunice, a antiga empregada da acusada, poderia ter elementos preciosos para elucidar o acontecido. Tinham descoberto o meu telefone também, e ele não parava de tocar.

— O que faço com essa gente toda? A senhora precisa denunciar, precisa falar... A senhora não é escra... — Ela me encarou com fúria. Na distância em que estávamos senti seu olhar como um tapa na cara.

Fui longe demais, hoje sei. Estava quase perdendo a

cabeça e, para não dizer algo que a deixasse ainda mais ofendida do que já parecia estar, saí batendo os pés e abrindo os braços em desespero. Passei por Jurandir, encostado na porta que dava para o quintal observando tudo de braços cruzados. Ele me olhou resignado, como quem diz: "Não te disse?".

— Mabel... — Ouvi a voz de mamãe, mas não me virei para olhar seu rosto. — O dinheiro que você pediu pra ajudar com os livros da universidade tá no pote azul em cima da geladeira.

Não é fácil esquecer que não temos herança para dar conta de material didático tão caro quanto o do curso de medicina, mas também é fácil lembrar que isso não é obstáculo quando temos alguém como d. Eunice ao nosso lado. Num cantinho do quintal, imagens religiosas pelas quais minha avó tinha muita devoção. Se sou hoje o que ela tanto queria, isso, não há como negar, foi trabalho bem executado da minha mãe. Senti meu coração angustiado amolecer.

Desde quando eu era muito pequena, combinamos que não deixaríamos o dia passar guardando mágoa uma da outra.

— Sua bênção, mãe...

Foi a forma que encontrei de dizer "Me perdoe. Eu te amo".

— Deus lhe abençoe, filha.

Foi a forma que ela encontrou de dizer "Eu também".

Nunca mais vou conseguir tirar aquelas imagens da cabeça. No dia da tragédia, entrei no edifício Golden Plate quando a confusão já estava armada. João Pedro, filho mais velho de Jurandir, meu padrasto e ex-porteiro daquele prédio, sentado na cadeira de palhinha no hall de entrada, tinha visto tudo e estava fora de si. Éramos conhecidos quase da vida inteira. Aliás, bem mais que conhecidos. Ele foi a minha primeira paixão, e acho que eu a dele. Aquele amor de início da juventude. Brincamos e descobrimos muita coisa juntos naquele mesmo pátio que fazia as vezes de quintal para os ricos e que ainda tinha as marcas frescas do sangue do corpinho de quatro anos de idade incompletos caído do décimo andar naquela tarde.

Mas, antes dessa criança, outras povoaram esse imóvel e esta história.

Planta baixa

Por que ela está de salto alto dentro de casa? Foi a primeira coisa que pensei quando entrei naquele apartamento enorme, em algum momento entre 1998 e 1999. Todos os detalhes da planta baixa daquela construção eu só registraria depois, porque não conseguia desviar os olhos das pernas longas e rosadas, e meus ouvidos apenas registravam o "toc-clap-toc-clap" dos saltos — primeiro no mármore da entrada; depois nas tábuas corridas impecáveis da sala cheirando a cera e iluminada pela claridade vinda de uma porta de vidro gigante, que separava o ambiente do terraço; em seguida no enorme corredor e, por fim, no piso cerâmico da cozinha.

Mamãe só punha saltos quando saía com meu pai. Em casa a gente usava chinelos ou nada. É muito bom ficar sem sapatos, pisar o chão. Salto alto dentro de casa eu só via em gente rica na novela, e era isso que aquela residência parecia mesmo: um cenário. Tinha algo artificial ali que eu não sabia definir o que era.

O caminhar da mulher era apressado e agoniado, o que deixava aquele som ainda mais irritante. Eu era muito criança e não conseguia projetar meu olhar muito acima das pernas dela, que pararam de se mover perto da geladeira, mas eu e mamãe tivemos que seguir adiante até uma porta branca, na área de serviço.

Quando a porta se abriu, ouvi em tom baixo: "Não saia daí até eu voltar!". E ela se fechou, me deixando ali, no escuro. Um pavor me dominou. Não era solidão nem medo do escuro. Era algo maior. O que senti sentada na cama estreita daquele quarto ainda não tem nome.

Para mim durou uma eternidade, mas não levou mais que cinco minutos. Estava muito quente, um daqueles dias que passam dos quarenta graus com facilidade, e minha mãe voltou correndo para acender a luz e ligar o ventilador. D. Eunice estava tão esbaforida e apavorada que praticamente me jogou no quarto, tirou da mochila alguns brinquedos que trouxemos, ligou a televisão em um desenho animado, repetiu que eu não deveria sair dali por nada e voltou apressada para falar com a patroa. Ela trabalhava lá havia pouco tempo, e eu estava estreando no elegante imóvel de cobertura, que tomava um andar inteiro no bairro mais chique da cidade.

Encostei o ouvido na porta para tentar escutar o que diziam, mas ouvia apenas frases entrecortadas. "Por que não entrou pelo fundo? Sou eu quem tem que abrir a porta pra você?" "Assim fica complicado, Eunice..." "É só por hoje, d. Lúcia, é que..." "... mas eu te falei que...".

Minha avó não estava muito bem e não pudera ficar comigo. Não teve jeito. Eu ia ter que ficar com minha mãe no trabalho por uns quatro dias, quando ela trocaria com a outra empregada e teria folga. D. Lúcia não ficava jamais sem empregada em casa. Mamãe estava triste... Tinha chorado o caminho todo no trem, passando os dedos nas pequenas contas brancas de um terço escondido na bolsa. Ficou ainda mais aflita quando remexeu o fundo, os bolsos internos e externos, e percebeu que havia esquecido as chaves da porta da área de serviço.

— Salve, Rainha, mãe de misericórdia, vida, doçura, esperança nossa, salve! — ela murmurava.

O trem lotado é uma espécie de refúgio seguro. Ali, mesmo de pé e apertadas, as pessoas desabam seu cansaço. No sacolejo dos vagões duros e barulhentos, elas mergulham nos seus infortúnios ou nas pequenas alegrias. Encostadas nas barras de apoio, flertam, confidenciam, fazem amizades eternas e inimizades também. No trem a gente compra tudo: pilha, lanterna, guarda-chuva, chocolate, bala, pano de prato, boneca, carrinho, a tranqueira eletrônica da moda. Eu adorava!

Ali tem pagode, samba, sertanejo, funk, louvor. Tem também assédio, abuso, furto, acidente, homem sentado segurando com as duas mãos a cabeça cansada... Mas no trem ele relaxa, porque não tem dura da polícia. E se for polícia, descansa. E se ele for bandido, descansa também. Arrisca de o primeiro pedir desculpa se pisou no pé do segundo. No trem todo mundo é todo mundo, e todo mundo é ninguém.

A noção de tempo é engraçada quando somos crianças. Depois entendi que não tinha passado nem uma hora naquele apartamento, mas para mim uma hora equivalia a um dia completo. Mamãe estava muito preocupada em não incomodar a patroa com a minha presença, e de tempos em tempos ia ao quartinho me ver. Seu rosto muito negro aparecia pela metade na porta e espiava. Apenas os olhos grandes, brilhantes, belos, pretos e o lenço imaculado e bem passado na cabeça surgindo e sumindo, sumindo e surgindo…

Pensando nisso hoje, depois de tantos anos, eu poderia até me ofender, afinal, será que ela estava mais preocupada com uma adulta do que comigo? De certa forma, ela achava que eu sabia me virar melhor que d. Lúcia. Com o passar dos anos, essas "crianças eternas" me seriam insuportáveis, como se eu fosse professora numa creche de filhotes de demônios.

Até que acabaram os biscoitos e a água que levamos na mochila. Bateu sede, mas eu não podia sair do quartinho. Bateu fome, mas eu não podia sair do quartinho. Bateu vontade de fazer xixi, mas… descobri que tinha um microbanheiro atrás de outra porta branca: um vaso sanitário, um chuveiro que por pouco não estava sobre o vaso e, em frente aos dois, uma pia com um espelho na parede acima dela. Entre o espelho e a pia, uma prateleira com um pote, um tubo de pasta de dentes e uma escova dentro. Tudo no diminutivo.

Quando ter uma empregada que dorme no trabalho passou a ser algo caro e não de muito bom-tom, os corretores de imóveis chamariam esse local da casa de "quarto reversível", um nome para não chamar o quartinho de quartinho ou do que ele realmente era: um lugar para serviçais, criadas, babás, domésticas, amas, empregadas. Todos esses nomes que deram e dão até hoje a quem é "quase da família". Um lugar onde estivessem ao alcance do comando de voz, do olhar, ao alcance das mãos... A tempo e hora, vinte e quatro horas por dia.

Mamãe finalmente entrou com o corpo todo no quarto. Veio trazer comida e um copo de suco de laranja. Ela tirou o lenço, lavou o rosto e as mãos na piazinha do banheirinho do quartinho. Fez um sinal da cruz para seus santinhos numa cabeceira improvisada. Até os santos eram pequenos! A gente rezava para eles toda noite. "Com Deus me deito, com Deus me levanto, Nossa Senhora nos cubra com seu manto."

Ouvimos uma batida leve na porta. Era uma mocinha toda vestida de branco que pedia para usar o banheiro. Minha mãe deixou. Comecei a rir alto com o desenho que continuava passando na TV. Ela arregalou os olhos e virou a cabeça para os lados, apressada, como se estivéssemos sendo vigiadas ou nos escondendo da polícia. Pôs o dedo indicador na boca e fez um ruidoso "ssssshhhhhh". Eu não podia dar sinais de que respirava, sentia fome, sede, vontade de fazer xixi, ria ou existia... no quartinho?

Ouvimos passos na cozinha. Dessa vez foi ela quem colou o ouvido na porta.

— Não começa com isso, Lúcia...

— Você não se importa, não é mesmo, Tiago?

— Me importo, sim.

— Os tratamentos são dolorosos, é tudo doloroso! E

essa insistência que não dá em nada me faz sentir que sou uma mulher pela metade.

— Pelo amor de Deus, Lúcia, eu... olha, vamos voltar para a sala? Depois conversamos. Não fica bem deixar as visitas para vir discutir aqui. Cadê a Eunice?

Ele falou alto, esperando que minha mãe escutasse e aparecesse para interromper aquela conversa. D. Lúcia aumentou o tom de voz.

— Você na piscina, tão feliz brincando com o Bruninho... E que conversas eram aquelas sobre filhos na minha frente?

— É nosso sobrinho, ora! Nem tudo é sobre você, Lúcia.

— Quer jogar na minha cara a sua vontade de ser pai que eu nunca poderei realizar?

Os dois ficaram em silêncio. D. Lúcia começou a chorar baixinho. Minha mãe entendeu a pausa como um sinal e foi para a cozinha. Eles até tinham falado outras coisas, mas o que registrei mesmo foi que havia outra criança na casa... e estava numa piscina! Naquele calorão seria uma delícia brincar na água.

Os patrões voltaram para os convidados, que eram amigos antigos e alguns parentes. Era aniversário da irmã de d. Lúcia, Helena, que era mãe da criança que estava no apartamento além de mim.

Seu Tiago estava muito animado, cantando as músicas especialmente escolhidas para a festa. Ele adorava música popular brasileira. Tinha bom gosto. Estavam ouvindo Cartola. Minha mãe entrou na cozinha carregando uma bandeja cheia de copos sujos e com várias garrafas de bebida vazias. Todos começaram a dançar e cantar e rir... acho que estavam um tanto embriagados.

Achei que não fazia mal em sair e procurar meu possível amigo. Quem se importaria? Peguei uma boneca, uma bola pequena e fui andando. Passei pela área, pela cozinha, pela copa, pelo longo corredor, passei pelas portas entreabertas do escritório, do quarto de hóspedes, do quarto do casal... Que casa grande! Vi d. Lúcia, que tinha ficado um tempo no quarto depois da conversa com o marido na cozinha. Ela estava secando o rosto. Saí rapidamente, antes que fosse vista, porque ela já estava indo para a sala outra vez como se nada tivesse acontecido e sem nunca descer daqueles saltos.

Entrei na sala devagarzinho, me esgueirando e me escondendo pelos cantos, atravessei a longa porta de vidro e finalmente... a imensidão azul sem nuvens sob o sol do verão! Sentei na escadinha da piscina. Ai, que delícia! A água tão limpa, tão geladinha, e meu amiguinho estava lá também.

Ele estava mergulhando e subindo rápido. Depois foi caindo, caindo, caindo, fundo, fundo, fundo...

Piscina

Era possível ver pelo vidro os corpos adultos dançando e se abraçando. Alguns se beijando de uma forma que me dava muito nojo: na boca! Como poderiam achar aquilo gostoso? A música chegava um pouco atenuada do lado de fora. Minha mãe estava passeando entre eles, às vezes carregando uma bandeja, outras recolhendo cinzeiros cheios, limpando algum líquido no chão ou ajeitando os pratos na mesa posta.

Seu Tiago, o mais alegre de todos, convidou para a mesa. Sentaram-se e começaram a provar a comida e experimentar o vinho, que ele servia descontraído, imitando os garçons de restaurantes chiques quando servem vinho nas novelas.

A mocinha que usou o banheiro do quartinho passou pela sala, mas ninguém notou. Ela entrou calmamente no terraço. Desde o primeiro momento em que a vi pensei em chamá-la para brincar também, pois era tão magricela e nova… Fiquei me perguntando quantos anos teria. Sorri para ela, e ela sorriu de volta. Veio andando devagar e me olhou simpática. Apontei o dedo para a água e perguntei: "Qual é mesmo o nome dele?". Seu rosto virou tempestade. Ela deu um grito tão agudo e potente que poderia ter quebrado a vidraça enorme.

Nas minhas lembranças, as imagens são borradas a partir daí. Foi tudo como numa avalanche. O berro, os adultos da sala derrubando cadeiras e voando para o terraço, seu Tiago e o pai do menino mergulhando de roupa e tudo, as mulheres na borda em pânico, chorando. A respiração boca a boca. O menino ainda respirava. O grito por um médico, d. Lúcia ao telefone chamando uma ambulância.

As únicas coisas de que me lembro nitidamente são a imagem de d. Helena diante da mocinha de branco e o tapa ruidoso que deu no rosto dela antes de bater em retirada com os paramédicos e a festa inteira. Aquilo foi mais alto que o grito agudo da menina.

Ela não conseguia se mexer. Ficou ali ereta, tesa e trêmula, como uma estátua de bronze fincada no solo do terraço. Seu Tiago foi o último a deixar o apartamento. Saiu apressado e, como havia esquecido as chaves do carro, voltou. Já ia saindo outra vez, mas antes de fechar a porta olhou para mim de cima para baixo e de baixo para cima: "Mas… quem é esta criança?".

Cartola estava triste na caixa de som. Só se ouviam aquele violão e a voz cantando: "Ainda é cedo, amor/ Mal começaste a conhecer a vida…". A piscina calma, impassível e linda continuava a me atrair.

Cozinha

— Vem, vamos conversar um pouco. Quantos anos você tem?

— Treze.

Irene — esse era o nome da babá —, em choque, tremia violentamente. Sua pele estava seca, mas arrepiada como se tivesse sido molhada e recebido um vento gelado. Minha mãe entrou no terraço e abraçou forte a garota, acarinhando-lhe de leve o rosto e a cabeça, que repousou em seu peito. Só então ela começou a chorar compulsivamente, e eu também. Aquele clima de desespero me contagiou.

Num gesto carinhoso, mamãe me pegou com uma mão enquanto enlaçava Irene pelos ombros com a outra. Fomos para a cozinha e ela deu um copo d'água com açúcar para que a mocinha se acalmasse. Não disseram nada por um tempo, até que o pranto diminuísse.

— Me ajuda aqui e vamos falando devagar.

Treze... Pensei que ela bem poderia ser minha irmã. As duas, juntas, começaram lentamente a retirar os pratos quase intocados da sala e levar para a cozinha, a lavar os muitos copos vazios e enfileirar as garrafas que iriam para a lixeira. Colocaram o bolo de chocolate inteiro na geladeira dos patrões. Sim, havia a geladeira deles e a nossa.

Sentaram-se à mesa da cozinha. Irene estava agora um pouco mais calma. Aquela tarefa de lavar, jogar fora e organizar ajudou mamãe a ordenar também as emoções. A velha tática para amansar o mar interior que se agitava dentro dela. Minha mãe fez um chá para as duas com a cidreira que trazia do nosso quintal lá no subúrbio, e me deu alguns salgadinhos, doces e um suco de uva da festa interrompida. Irene voltou a chorar, agora silenciosamente.

— Irene... Você não teve culpa. Criança deixa a gente cega... É um piscar de olhos e algo pode acontecer...

Mamãe me olhou enviesado. Senti que era um recado para mim, afinal eu tinha saído do quartinho sem ninguém ver.

— Eu estava muito apertada pra ir ao banheiro e com dor na barriga, d. Eunice. Vi que tinha ficado menstruada e estou usando roupa branca. Imagina se mancha? Eu ia ficar com muita vergonha... Passei alguns minutos encolhida, sentindo bastante cólica. A casa é grande e ela me deu tantos avisos pra não incomodar, que queria se divertir, pra eu só usar a área de serviço... Nunca tinha acontecido nada. Ela confiava em mim!

Irene recomeçou a chorar pesadamente.

— Me perdi um pouco no apartamento, mas foram só alguns minutos. Tão pouco tempo e... d. Helena deve estar arrasada... Eu sei que ela demorou muito para ter esse filho e...

Minha mãe se irritou.

— Pare! Você não teve culpa! Está me entendendo? Não-te-ve-cul-pa...

Ela separava as sílabas como que para gravar a mensagem a ferro na mente de Irene, porque sabia que ela ia precisar se convencer muito firmemente dessa verdade. O telefone da cozinha tocou, mamãe ficou ouvindo alguns minutos e desligou, sentou-se ao lado de Irene e segurou suas mãos.

Não precisou dizer nada. A garota desmoronou. Ela andava sem rumo pela cozinha, botava as mãos na cabeça, no peito e arfava, puxava a respiração. O oxigênio faltava. Até que caiu de joelhos, arruinada. Mamãe levantou-a e voltou a ajudá-la. Seu avental molhado com o lamento de Irene.

— Ainda existe uma esperança... ele está muito mal, mas para Deus e Nossa Senhora nada é impossível...

Hoje penso por quantos séculos uma mulher mais velha como minha mãe teve que consolar outra mais nova por prantos parecidos e naquele mesmo espaço, a cozinha, dizendo aquelas mesmas palavras.

— Você não teve culpa. Calma, minha criança. Calma, minha menina...

Ela sabia que as crianças como eu — como ela foi e, antes dela, a sua mãe, e a mãe de sua mãe até a minha décima avó — não entendiam muito bem o que era isso de ser criança. A gente sempre foi miniatura de adulto. Irene era mais uma na lista.

Escritório

Seu Tiago estava sério, fazendo contas numa calculadora grande. Mamãe, sentada na ponta da cadeira com a coluna ereta, tensa, só chorava. Ele achou ruim não ter sido avisado de que eu estava na casa e queria evitar que aquilo que ocorreu com o Bruninho se repetisse.

— Mas, seu Tiago, d. Lúcia sabia. Ela deixou e...

— Não quero saber, Eunice. A Lúcia não sabe viver sem empregada, e quando você não tiver com quem deixar vai trazer essa criança pra cá. Sou advogado e já estou prevendo tudo. Não quero me responsabilizar. Gosto deste apartamento e não pretendo me mudar dele porque crianças passeiam desacompanhadas por aí e podem causar acidentes. Eu não tenho filhos.

Mamãe se manteve de cabeça baixa todo o tempo, como eu a via na igreja no momento em que o padre fala "Minha culpa, minha máxima culpa". Ele teclava aquela maquininha com uma das mãos e com a outra fazia anotações em um caderno. Eu estava confusa, afinal, ele não tinha filhos, mas d. Lúcia não tinha dito que era ele que queria muito ter um? Então, cedo ou tarde, uma criança poderia estar ali, na borda daquela piscina.

— Tiago!

D. Lúcia entrou torcendo as mãos; na verdade, amassando um papel entre os dedos nervosos, insistindo que o marido saísse da sala e a acompanhasse. Parecia ter algo urgente para falar. Enquanto estávamos só eu e mamãe no escritório, observei melhor aquele ambiente. As estantes cheias de livros cobriam quase totalmente as paredes. Era a primeira vez que eu via uma biblioteca.

Levantei da cadeira próxima à porta do cômodo e fui até mamãe, sentada em frente à escrivaninha, olhando como se não enxergasse a poltrona de encosto alto do outro lado, onde seu Tiago tinha estado sentado havia poucos minutos. Passei a mão na cabeça dela... Nada me agoniava mais do que ver minha mãe com aquele olhar perdido. Foi a deixa. Ela desatou num choro silencioso, mas intenso.

Seu Tiago voltou e parecia estar zonzo. Estava mudo e pensativo, como se ainda processasse uma notícia. Terminou de assinar uns papéis e passou à minha mãe uma folha do talão de cheques. Saímos do escritório com um papel assinado nas mãos. Jurandir não estava na portaria — vi que ela estava procurando por ele com os olhos. Saímos pela calçada, andando devagar.

Mamãe entrou numa agência bancária e trocou o cheque por um maço magro de dinheiro. Continuamos caminhando devagar. Ela devia estar pensando no que ia fazer desempregada, com minha avó doente, comigo ainda pequena, com meu pai gastando o pouco que ganhava em bebida e com a violência que crescia nele quando se via sem dinheiro.

Sentamos na pracinha próxima à agência e ao edifício Golden Plate. Olhei para o lado e avistei Jurandir vindo correndo, esbaforido. Chegou suado e ofegante. Rimos dele curvado, com as mãos apoiadas nos joelhos, tentando recuperar o fôlego. Jura, que nasceu no Pará, tem um jeitinho gostoso de falar que eu adoro. Os paraenses são uma mistura de um monte de gente, têm no corpo o país todo.

— Tu sabes que podes contar comigo.

Mamãe ficava sempre travada quando Jurandir estava por perto. Eu via que ela gostava muito dele, mas não tinha coragem de dizer. Na cabeça dela, muitos obstáculos intransponíveis os separavam. Então, ela agradeceu daquele jeito sem jeito. Ele beijou as mãos dela e, antes de se afastar, ficou de longe nos observando ir até o ponto de ônibus, com um olhar entre o penalizado e o preocupado.

Já estávamos quase pegando a condução quando ouvimos uma buzina. Era d. Lúcia.

— Eunice! — Ela emparelhou o carro conosco e abriu a porta.

Entramos e em minutos estávamos outra vez no escritório. Seu Tiago parecia um pouco mais feliz.

— É impressionante como a vida toda muda em segundos... — murmurava ele.

— Eunice... Vamos ter um bebê! — d. Lúcia revelou.

Mamãe balbuciou um "parabéns, d. Lúcia. Parabéns, seu Tiago". Ele enlaçou os ombros da mulher e prosseguiu:

— Vamos precisar de alguém de confiança aqui e, apesar do terrível incidente...

Não sei a qual "terrível incidente" ele se referia, se não tínhamos feito nada.

— ... apesar de tudo, você sempre foi boa empregada, e a verdade é que não temos muito do que nos queixar. Então, vamos reconsiderar.

"Apesar de tudo... Reconsiderar..." — eu era pequena, mas as palavras dele me fizeram pensar. Naquele momento, para mim, a questão não era tanto seu significado, mas o tom com que eram ditas. Segundo eles, minha mãe poderia me levar quando precisasse, desde que se responsabilizasse em me manter nas dependências de empregada e, de preferência, no quartinho.

Aliviada de não ser mais uma desempregada no Brasil do desemprego e dos bicos para sobreviver, mamãe ficou profundamente grata ao ser perdoada por algo que nem ela sabia o que era, e isso de certa maneira nos prendeu naquele escritório e naquela casa para sempre.

É como na conhecida história do elefante na sala. Conviver com o bicho enorme na casa é tão terrivelmente incômodo que no dia em que trocam o paquiderme por um bode a pessoa até agradece...

— No entanto, teremos muitos gastos novos e imprevisíveis... — seu Tiago prosseguiu. — Vamos precisar fazer um pequeno ajuste no seu salário.

O bode acabava de entrar na casa, mas não ficaria na sala, na piscina ou no escritório. Ele iria dividir conosco o espaço no quartinho.

Portaria

Jurandir não podia ver minha mãe passar. Muitas vezes ela ia andando na frente, e eu, com um passo menor, vinha atrás e notava quando ele se inclinava da velha cadeira de palhinha da portaria, ou então se apoiava na vassoura e espiava com o canto do olho para depois soltar um arrastado "bom diiiia, Nice". Ela respondia conforme o humor.

Quando estava emburrada e não devolvia o cumprimento, o porteiro dava de ombros e ria. Os garotos adolescentes do prédio se acabavam em gargalhadas. "Que toco, hein, seu Jurandir!" "D. Eunice passa e seu Jurandir enverga a coluna toda pra trás, igual àquele cara do filme *Matrix*! Wooommmm."

Naquele dia ele estava concentrado demais no jornal para olhar d. Eunice desfilar. O caso do acidente do bebê de d. Helena Lopez e da babá Irene Silva estava nas páginas policiais. A criança seguia entre a vida e a morte no hospital. A notícia tinha ido parar nas colunas sociais de gente rica e de lá virou caso de polícia. D. Helena até acusou Irene publicamente numa entrevista. Minha mãe parou seu apressado trajeto habitual rumo ao elevador de serviço e, tentando ler por cima dos óculos escuros, abaixou um pouquinho as lentes para olhar o jornal por cima do ombro de Jurandir.

— Que coisa, Nice... Como isso foi acontecer?

Ela contou por alto, com evasivas, e estancou no meio da narrativa.

— O que foi, Jurandir? Tá olhando o quê?

— Como você é bonita...

Conheço minha mãe. Vi como ficou mexida com o elogio do Jurandir e especialmente naquele momento, quando os óculos que usava não protegiam apenas da luz solar, mas dos olhares que podiam julgar a mancha que permanecia arroxeada, apesar da maquiagem para tentar disfarçar. Jurandir também percebeu que algo não ia bem. Ele reparava nela, pois a conhecia sem que ela soubesse disso.

Me pegando pela mão, ela apressou o passo para os elevadores, mas ele foi atrás. Ela não esperava. Ficou paralisada. Com muita delicadeza, como se pegasse em algo muito frágil, Jurandir retirou os óculos dela. A base de rosto escondia um pouco, mas não muito. Naquela época era bem difícil encontrar maquiagem a um preço popular e que combinasse com o nosso tom, ou seja, se não ocultava imperfeições leves, quanto mais... Ele passou o polegar delicadamente na mancha embaixo do olho esquerdo dela.

O elevador chegou. A porta se abriu. Mamãe então recolocou os óculos depressa e entrou comigo. Na subida, ela respirou fundo várias vezes, se recompondo. Paramos no décimo andar e entramos, como sempre, pela porta da cozinha.

Na casa de seu Tiago e d. Lúcia, um debate. Ele gritava para a esposa que d. Helena tinha apenas "esquecido" que a babá que contratou ainda era menor de idade e, apesar dos "essa gente não tem responsabilidade", "não querem nada com o trabalho", "não se pode confiar neles", "na hora de beijar na boca ninguém é criança", algum jornal destacou o fato de que Irene não passava de uma criança cuidando de outra.

— Sou advogado, Lúcia, não um santo milagreiro! — dizia seu Tiago, muito nervoso.

A discussão parou quando perceberam que já estávamos na casa. No final, Bruninho sobreviveu. A falta de oxigênio no cérebro o fez carregar sequelas neurológicas para toda a vida, mas estava vivo, então acharam por bem abafar o caso todo — e moveram seus contatos para isso. Seu Tiago podia não ser milagreiro, mas quem tem dinheiro faz os "milagres" acontecerem.

Foram dias muito pesados. A internação da criança, as notícias, o desespero dos pais... Mamãe acendia velas no cruzeiro da igreja para Jesus e Nossa Senhora em agradecimento, e o fato de que Bruninho estava indo para casa naquele momento em vez de para o cemitério já era uma prova de que o impossível tem suas condições para acontecer. E as razões são quase sempre econômicas.

Tal qual uma mercadoria com defeito que é devolvida com raiva ao fabricante, Irene foi mandada de volta à sua família no interior do estado, de onde saíra aos onze anos para trabalhar. Antes de partir, procurou mamãe para agradecer pelo consolo no que ela dizia ter sido o dia mais ter-rível de sua vida.

O encontro foi na portaria, com muita tristeza, beijos fraternos e sob os olhares disfarçados e a cumplicidade de Jurandir. Ela ainda chorava muito. Chorava pelo aconteci-do, mas também por ter de retornar para uma realidade que julgava não lhe dar opções. Mamãe deu-lhe algum di-nheiro e muitos conselhos. Deixou também nosso endere-ço. Eu ficava pensando se algum dia eu veria Irene outra vez, mas com o belíssimo sorriso que vi no terraço de d. Lúcia, sem os olhos molhados e vazios de futuro.

Salão de festas

Jurandir era um cara boa-praça demais. Acho que ele foi meu primeiro super-herói. Todo mundo gostava dele no prédio, porque "seu Jura" sempre quebrava os galhos mais impossíveis. Então, quando ele pediu à síndica, d. Imaculada, um pedaço do salão de festas para cantar "Parabéns a você" para o filho mais novo, Cacau, ela levou o pedido para a reunião de condomínio. A proposta foi aceita por unanimidade, pois, além de resolver os problemas dos condôminos, ele também sabia de muitos segredos. Se aquela cadeira de palhinha falasse...

Jura era viúvo. Eram só ele e dois filhos morando no apartamentinho perto da garagem. Reparei mais uma vez que, para quem não era patrão, tudo era "inho": quartinho, apartamentinho, banheirinho...

Minha mãe fez o bolo; Kenya, do quinto andar, fez brigadeiros; d. Hilda, a auxiliar de enfermagem que cuidava de um senhor que diziam ser general da reserva no segundo andar, levou coxinhas; e o faxineiro Marciano, uns guaranás. Todos ajudamos a encher os balões e assim, com cada um levando uma coisa, Cacau teve uma festança.

Até a síndica desceu rapidinho para dar os parabéns e levar uma bola de presente, além de uns brigadeiros que sua empregada, Dadá, tinha feito para a festa. Mamãe recebeu o prato de docinhos das mãos de d. Imaculada e perguntou se Dadá estava bem. Nós raramente encontrávamos com ela, e sempre que isso acontecia Dadá pouco falava. Eu gostava dela... Achava que, apesar de adulta, quase idosa, tinha alguma coisa de criança como nós.

A festa do Cacau teve som e danças, risos e conversas. Tudo em volume relativamente baixo, para não perturbar os moradores, mas teve. Jurandir estava feliz. Ele criava os filhos sozinho, e Cacau, o caçula, estava completando oito anos. O maior, João Pedro, era dois anos mais velho que a gente. Eu corria para todo lado com a criançada no playground, uma massa infantil que misturava filhos e filhas de gente que trabalhava no prédio, mas também de quem era proprietário. Estávamos naquela idade em que era possível fazer amizades de vida inteira em cinco minutos, sem levar em consideração nada além da capacidade de se divertir e da habilidade no pique-bandeira.

Uma música conhecida encheu o ar. Bebeto: "Minha preta, eu ando calado/ Sofrido tal qual um samba-canção/ E as dores que trago no peito/ Se perdem em acordes, no meu violão...". Jurandir puxou minha mãe para dançar. Ela usava salto alto, sinal de que queria estar bonita. E estava. Lá de cima daquele brinquedo com barras de ferro, que volta e meia levava um para o hospital, vi quando ele enlaçou d. Eunice pela cintura. Bebeto continuava atacando, meloso. "Me devolve o sossego, me faça um chamego/ Seu nego é quem quer/ Vem fazer em abraços, o amor em pedaços/ Num canto qualquer..." Pensei: *Mas e o meu pai?*. Desci do brinquedo e fiquei emburrada num canto. Vi Jurandir falar alguma coisa no ouvido dela enquanto a voz do Bebeto ia e vinha: "Aprenda a viver, nega/ O mundo é bom mesmo assim/ Quem sabe viver, nega/ Não acha a vida ruim...".

Cantamos parabéns, comemos o bolo delicioso, os doces, as balas. Todos ajudaram a deixar o salão impecável — inclusive as crianças entraram na arrumação. Ninguém queria dar motivos para reclamações, e assim quem sabe seria possível repetir outro dia uma festa tão bacana. Antes de subirmos para o apartamento, Jurandir puxou minha mãe pelo braço.

— Prometes que vais pensar?

Ela o olhou, tímida e enigmática, e bateu a porta da área de serviço com um sorrisinho nos lábios, cantarolando a música do Bebeto. Eu não sabia o porquê, mas estava muito irritada com a felicidade dela. Hoje até sei, mas... Bem, o som estridente do interfone tirou d. Eunice dos seus sonhos. No outro lado da linha, uma voz conhecida. Uma voz que destilava álcool e rudeza.

Meu pai.

Portão

Ela sabia do que meu pai era capaz quando estava bêbado e não queria correr o risco de perder o trabalho. Nem trocou de roupa, só tirou os saltos apressadamente e pôs uma sandália baixa. Foi correndo ao quartinho, pegou alguma coisa por lá, abriu a porta e pediu que eu descesse com ela. Estava prevendo problemas, e minha presença talvez o inibisse de fazer um escândalo, agredi-la ou algo do gênero.

Marciano, o porteiro do turno da noite, abriu o portão, mas não sem antes perguntar se ela realmente o conhecia. Meu pai esboçou um sorriso.

— Tá bonita! Sempre trabalha arrumada assim? E a essa hora? — disse ele, com o hálito forte que conhecíamos bem. Minha mãe estava muito nervosa, mas tentou disfarçar. Deu um jeito de apressar a conversa arrancando dele o motivo de ter ido até ali. Ele disse que estava sem nenhum dinheiro, e ela entregou o que tinha ido pegar no quartinho, algumas de suas economias.

— Conheço esse vestido... Não foi aquele que você usou comigo outro dia, no churrasco? Tá fazendo o que com ele no trabalho, a essa hora, de batom e cheirando a perfume?

Ele foi subindo o tom. Na portaria, além de Marciano, tinha chegado também Jurandir. Ele desceu apressado e abriu o portão.

— Tudo bem aí, Nice?

— Nice? Quem é esse que te chama assim? Então esse é o seu macho? Por isso que você decidiu morar no serviço? Puta!

Jurandir se encrespou. Disse que nunca tiveram nada, mas que não ia assistir calado ninguém ofender d. Eunice daquela forma. Começou um bate-boca tremendo, que minha mãe tentava apaziguar. Só conseguiu que se calassem brevemente quando gritou: "Olha a menina!". Os três me olharam como se fosse a primeira vez que me viam na vida. Escutei quando meu pai disse no ouvido dela, bem baixinho para que Jurandir não ouvisse: "Cuida da nossa filha. Ela tá crescendo aqui e eu sei o que pode acontecer nesse ambiente de rico. A gente baixa a guarda quando tá perto do dinheiro... Se um desses moleques fizer alguma coisa com a minha menina, eu mato. Você sabe que estou falando sério".

D. Imaculada acendeu a luz de seu apartamento, e a lâmpada funcionou como aqueles jatinhos de água que descem quando tem ameaça de incêndio. A discussão esfriou, e meu pai saiu a muito custo, cambaleando e levando boa parte do dinheiro que minha mãe tinha juntado para comprar os remédios da minha avó.

Mamãe franziu a testa e ficou um tempo olhando enquanto ele se afastava com aquele andar trôpego. Aonde iria àquela hora, levando um dinheiro tão suado e necessário? O que passava pela cabeça dele? Mamãe falou baixinho seu nome — Sérgio —, como que lembrando de um tempo em que tudo era diferente. O que teria acontecido com ele? O que teria acontecido com eles?

Assim que o portão se fechou, ela se sentou na escada que levava à portaria. Nem parecia aquela pessoa que estava dançando, rindo e se divertindo poucos minutos antes. Aparentava um cansaço crônico. Jurandir tentava em vão fazer com que ela se levantasse quando a síndica apareceu. Mamãe implorou para que ela não contasse nada a d. Lúcia e seu Tiago. A mulher arrancou dela a promessa de que meu pai nunca mais apareceria. Mesmo sem ter como prometer algo assim, ela jurou. Pronto. Tínhamos mais uma credora de gratidão eterna para anotar na nossa caderneta.

Calçada

Papai sempre foi um homem que achava que o céu era um teto melhor que o das casas. A rua o atraía enormemente. Até a profissão dele era com o céu sobre a cabeça: jardineiro. Eu achava linda a habilidade dele com as plantas, com a terra. Fico pensando em como um homem que lidava com coisas tão delicadas era capaz de às vezes se transformar por pouca coisa e se tornar uma pessoa bruta, dura, áspera...

Na minha cabeça, ele gostava mais da calçada que do sofá da nossa sala. Minha mãe e minha avó várias vezes foram pegá-lo na rua, em algum canto onde caíra bêbado. Depois que passava o porre, ele chorava, dizia que aquilo não se repetiria, e no dia seguinte bastava um gole e... Não sei como ele conseguia viver assim. Era cansativo para todo mundo, mas principalmente para ele.

No caminho para o trabalho da minha mãe, passávamos por vários lugares lotados de população em situação de rua — Cacau anos depois me ensinou essa expressão. "Ninguém quer viver assim, Mabel. As pessoas vão para a rua por muitos motivos e circunstâncias", ele disse. Era uma confusão na minha cabeça, porque papai parecia gostar de perambular sem rumo, sentindo o ar da noite.

Levei anos para entender que não, ninguém quer viver assim, mas até eu assimilar tudo o que acontecia com ele muita coisa se passou. Foi preciso que eu crescesse para compreender que todo mundo tem uma história e que eu não podia cobrar coisas que ele nunca aprendeu a dar.

Papai sumiu na noite como um fantasma dele mesmo. E eu segui querendo ver os dois juntos para sempre, querendo uma família como as que via no edifício de d. Lúcia. Assim como achava que os ambientes e os objetos para quem não era patrão eram pequenos e frágeis, pensava que toda família de quem não era patrão era desmanchada e pela metade. Demorou para eu entender, mas foi ali, naquela calçada, que percebi que estava crescendo, pois finalmente comecei a enxergar a profundidade do que acontecia entre eles. Eu ficava apavorada quando papai deixava de ser aquele homem tão doce, que me ensinava coisas bonitas sobre como lidar com as plantas e a terra, para se transformar em alguém assustador. Mas não era tão simples como pensavam algumas pessoas.

Quarto do bebê

E se eu crescia, o bebê de d. Lúcia e seu Tiago crescia também. Camila não nasceu em um berço de ouro. Era muito mais. Ela veio ao mundo em um leito de ouro, prata, seda, cravejado de diamantes. As famílias de seu Tiago e de d. Lúcia eram ricas há gerações. As mulheres da família dela tinham problemas para engravidar. Emprenhar, como dizia minha avó, não era algo fácil para as mulheres daquele clã, e Camila era herdeira de uma fortuna.

Cercavam-na de tantos cuidados que ela aparentava ser feita do mesmo material de um vaso chinês milenar que repousava iluminado em um nicho na sala, fora do alcance de mãos distraídas que não soubessem quantos milhões valia. Para a mãe dela, Camila realmente era uma peça raríssima, um bibelô valioso feito para ser admirado, mas que ninguém não autorizado podia tocar.

Eu era muito menina e aquela bebezinha parecia uma

das minhas bonecas: branca, rosada e risonha. Aprendi a cuidar dela ao ver minha mãe dando mamadeira, banho, chupeta, comida, remédio, colo, mas... sei lá. Fui deixando as bonecas de lado por causa do bebê Camila. Cuidar de uma criança não parecia mais diversão para mim. Era trabalho... e muito!

Eu vivia ali e já estava, como dizia todo mundo, "grandinha". Óbvio que sobrou para mim ajudar nos cuidados com aquela bebê, pois a casa era gigante e a supereficiente d. Eunice deixava os patrões acharem que não precisavam de mais ninguém. Se pensarmos direitinho, eles estavam certos. Para que gastar com mais empregadas se tinham uma que valia por duas e vinha com uma ajudante grátis?

Não havia nada de divertido naquilo, e ainda pairava o medo de acontecer algo com a "porcelana chinesa" que era aquela criança. Eu crescia, Camila também; a certeza de que eu era uma segunda Irene idem, e o sentimento de que não queria ter filhos igualmente.

O quarto da neném era uma floresta de pelúcias de ursinhos, zebrinhas, girafinhas, leõezinhos e personagens de desenhos animados. Havia ainda uma coleção de bonecas de louça que tinham sido da avó da avó de d. Lúcia. A cama branca e rosa tinha dossel, véu e laços. Na cabeceira, uma delicada coroa dourada. Limpar aquele quarto era uma tarefa para experts da faxina, alguém com anos de experiência de limpeza e cuidado. Alguém como a minha mãe.

Depois de tudo o que aconteceu, além da certeza de não querer filhos, cresceu outra verdade em mim: não queria ser como minha mãe, ou melhor, não queria fazer o que ela fazia. Esse sentimento foi o embrião de um afastamento entre nós, que precisaria do remédio do tempo para curar. Mas se eu não queria ser como d. Eunice, também não queria ser como d. Lúcia.

A vida que comecei a querer para mim era como a do seu Tiago, um cara que tinha a profissão dele e todo o resto. Sim, ele parecia amar a família etc. e tal. Fui testemunha de como ele quis aquela filha, mas era um amor diferente do da esposa, que parecia ver em Camila mais uma boneca da coleção da trisavó. Era um amor que não exigia que ele abrisse mão de si mesmo. E foi isso que comecei a desejar, porque eu via que minha mãe abria mão de si própria, do seu futuro e da nossa família por conta deles. Via que d. Lúcia depositava todas as esperanças e maluquices na filha. Seu Tiago, no fundo, era a pessoa que eu queria ser naquele momento.

Eu estava ali, na antessala da adolescência, formando minhas opiniões. Aquela menina se tornava cada dia mais insuportável para mim, pois, como toda criança mimada, Camilinha foi crescendo cheia de vontades, birrenta, autoritária e cruel. Quando ela estava com seis anos e eu com onze, deu de puxar meu cabelo, dizendo que era muito duro. Camila jogava coisas no chão para sujar de propósito, fazia escândalos desnecessários, desrespeitava as pessoas e batia sem dó em outras crianças no prédio e na escola. Lembro que uma vez sonhei que todos aqueles bichos do seu quarto ganhavam vida, ficavam ferozes como de fato eram na selva e a devoravam sem deixar rastro.

Minha mãe era a única que conseguia domá-la minimamente, mas só se d. Lúcia não estivesse perto, porque na presença da mãe e autorizada por ela, Camila reinava.

Ela era verdadeiramente chata. E João, o filho mais velho de Jurandir, fazia tudo para irritar ainda mais aquela garotinha. Gargalhou de passar mal e aplaudiu quando outra menina não teve pena de deixar os cinco dedos marcados nas bochechas rosinhas e gorduchas de Camilinha em meio a uma brincadeira no playground. Foi uma confusão entre as babás e depois entre as mães das crianças.

E foi por causa dela e da vontade de afrontar, de espezinhar, de se impor ao mundo das pessoas daquele prédio que fizemos uma travessura que mudou o rumo da nossa vida.

No quarto do bebê, fizemos outro bebê.

Escadas

Devo todas as aprovações escolares até o ensino médio a Cacau, o filho caçula de Jurandir. Nós estudávamos na mesma escola municipal perto do edifício onde nossos pais trabalhavam. Ele porque morava ali, e eu porque tinha sido matriculada lá, visto que minha mãe agora acumulava o "cargo" de babá de Camila. Mamãe só voltava para casa no fim de semana, e não adiantava: d. Lúcia até recorria a cuidadoras e outras babás nas folgas dela, mas confiar mesmo era apenas na Eunice, uma espécie de "empregada--babá-chefe".

Cacau era extremamente estudioso e me dava aulas sobre tudo o que eu não conseguia entender, mas minha mãe não me deixava ir estudar na casa do Jura de jeito nenhum. "Três homens e uma moça sozinha? O que as pessoas do prédio vão pensar?"

Eu ouvia os passos de Cacau na escada e já me sentava com o material na mesa da copa de d. Lúcia para uma tarde engraçada de estudo, porque ele, além de tudo, sempre foi muito bem-humorado. Ainda é. A gente era amigo quase irmão, mas o medo da d. Eunice não era Cacau, muito menos Jurandir. O pavor dela era João Pedro.

João arrumou muita confusão naquele edifício. Uma das grandes foi com o general Feitosa. O velho morava sozinho, e quem cuidava dele era a enfermeira Hilda, a quem os filhos pagavam um salário muito acima da média para que tivessem que conviver o mínimo possível com o pai. O general era uma espécie de lenda no condomínio. Diziam que já havia torturado, matado, prendido... Para mim, era um homem apenas cansativo, mas ele até que ia com a minha cara porque eu estava sempre com o Cacau, que ele achava "educadinho". João, com seu nariz em pé, ele não suportava.

Cacau deu a ele um apelido que pegou no prédio: "general Mingau". O homem começava suas falas sempre de um jeito mole, manso, como se fosse um velho sábio e conselheiro, mas, à medida que se empolgava, ia subindo o tom de voz e "engrossando", igual farinha quando vira pirão ou mingau. Todo mundo chamava o Feitosa de Mingau — pelas costas, óbvio.

Um dia, o general Mingau Feitosa cismou de pegar no pé do João mais do que o normal. João estava dormindo, estirado no banco do jardim, pois tinha chegado de madrugada de uma das noitadas com os amigos do prédio e não conseguiu entrar no apartamentinho de Jurandir. Não conseguiu ou não quis, para não ouvir, com a cabeça explodindo pela ressaca, o sermão que o pai certamente daria. Esperaria para escutar aquela ladainha com a cabeça menos dolorida e menos enjoado, mas o encontro com o general foi pior do que com o pai.

Hilda se aproximou empurrando a cadeira de rodas e o Feitosa começou a cutucar João Pedro no banco com sua conhecida bengala de cabeça e base de prata. O menino abriu os olhos com sacrifício e os revirou, já prevendo confusão. Feitosa estava no melhor estilo "mingau começando a cozinhar". Calmo, se alongando nos mesmos assuntos e conselhos de sempre, começou um discurso sobre responsabilidade, sobre servir o Exército, sobre a pátria, sobre a escola, sobre religião, sobre más companhias, sobre a família, sobre...

Depois de quase meia hora de discurso, o general estava quase gritando, como se estivesse dando uma ordem unida para alguma tropa, e fez o que não devia: perguntou se João não tinha nada a dizer. Eu e Cacau, que estávamos de saída para a escola, assistimos a quase tudo. João Pedro, sem se alterar, disse tranquilamente o que pensava.

— Tenho, sim, senhor... vai tomar no olho do seu cu, Mingau.

Hilda quase caiu para trás, e o general ficou tão vermelho e possesso que mal conseguia articular as palavras. João tinha sido muito mal-educado, é verdade. E é verdade também que ele finalmente disse o que muita gente queria falar e não tinha coragem. Fomos obrigados a sufocar o riso. Esse dia foi o inferno na vida do Jurandir, que teve que usar toda a sua habilidade diplomática para apaziguar a fera na cadeira de rodas e não perder o emprego. Quem salvou o pai porteiro foi o Cacau.

Sei lá como, ele encontrou na internet uma reportagem antiga com o general, que a queria muito, imprimiu-a e levou-a como presente e pedido de desculpas. Disse que João estava errado, que ele tinha razão de chamar a atenção do irmão, blá-blá-blá. Fui com ele e vi quando os olhos do velho se encheram de água mirando o papel, mas o general se segurou. Não choraria jamais na nossa frente. Cacau saiu com o emprego do pai preservado e com uma bolsa numa escola de padres que só ricaço frequentava, porque o Mingau ligou na hora para o diretor e conseguiu.

O João, ah, o João... João Pedro era o mais velho de nós três, e seus amigos eram moradores do prédio. Por causa dele, vi Jurandir pela primeira vez realmente quase perder a cabeça. Os dois tiveram uma briga de gente grande porque João deu de beber e fumar maconha com os moleques do edifício. O Jura não ia entender isso nunca. Na cabeça dele, se alguma coisa desse errado, era o filho que pagaria. Escolado de tanta pancada da vida, de observar e escutar naquela portaria, achava que um garoto como João, naquele bairro, era invisível para o bem que porventura fizesse e um alvo certo para o mal que por acaso causasse. Tanto para as famílias de quem ele pensava ser amigo verdadeiro quanto, principalmente, para a polícia.

— Me fale, achas que o pai daquela garota do terceiro andar, quando souber que estás fumando essas porcarias com ela, vai fazer o quê? Te defender?

— Para de noia, seu Jurandir...

— Olhe, meu filho, o que eu sei é que tu deverias estudar... estudar como teu irmão!

Quanto à briga do pai e do filho, João não estava nem aí. O que ele não suportava era ser obrigado a baixar a cabeça, ter uma postura servil. Também odiava a eterna comparação com o Cacau. Eram diferentes, muito diferentes, e ponto-final.

João Pedro pensava ter o mesmo direito de transgredir, a mesma "vista grossa" de todo mundo para o que fazia, como acontecia com os garotos do edifício. E que estava na idade certa para isso. Ele, aos dezesseis anos, tinha espelho em casa e sabia do impacto que sua figura causava. Eu sentia um arrepio cada vez que ele me olhava. Bonito pra caramba o João... e quando notei isso vi que ele também me notava. Embora eu mesma não tivesse percebido a mulher que estava me tornando.

Eu estava com catorze anos, e um dia, na escadinha que levava ao apartamento de d. Lúcia, ele me beijou. Foi uma explosão de sensações. Fizemos sexo pela primeira vez e começamos um namoro às escondidas por todos os cantos daquele prédio, inclusive na escada do andar do apartamento do general Mingau — aliás, quase na porta dele, porque o João... Ah, o João...

Estávamos nessa fase "pegação" quando seu Tiago, d. Lúcia e Camilinha viajaram para passar as férias na fazenda da família e visitar os avós da menina. Uma empregada esperava por eles lá, afinal, como d. Lúcia poderia ficar tanto tempo cuidando sozinha da própria filha, não é mesmo? Mamãe ficou tomando conta da cobertura e daquela suíte de princesa, que era como uma casa dentro da casa. Ela aproveitou para lavar todas as pelúcias, aspirar cada canto e arrumar os armários.

Uma tarde ela foi ao mercado para fazer compras grandes. Os donos da casa chegariam em algumas semanas e a despensa precisava de reforços. Não fui com ela porque precisava estudar. Precisava mesmo. Enfiei na cabeça que queria ser médica depois que seu Tiago sorriu quando eu disse que queria fazer medicina. Falou que era muito difícil uma vaga numa universidade pública e que as instituições particulares eram muito caras. Não sei por quê, mas o sorriso dele foi um estímulo a mais para mim.

Cacau queria a área de informática, e a gente estudava juntos já pensando na faculdade, embora faltasse bastante tempo para prestar o exame pra valer. Ouvi os passos na escada e já fui abrindo a porta, mas não era ele. João entrou feito uma bala e não deu nem boa-tarde. Saiu me beijando, me pegando no colo, me colocando sentada na bancada da pia. Quando a coisa começou a esquentar de verdade, ele disse: "Aqui não... Tenho uma ideia melhor". Todos os bichos do quarto de Camilinha foram testemunhas do nosso fogo. E aquele quê de proibido tornava tudo muito mais saboroso, como sempre.

Ficamos deitados um tempo naquele tapete cheiroso e macio. O quarto tinha uns adesivos que, no escuro, transformavam o teto numa noite estrelada. Com as cortinas fechadas, o ar-condicionado ligado e sob o céu de Camilinha, perguntei ao João pela primeira vez sobre o que ele pensava para o futuro. Por qual motivo não estudava mais. Tomei todo o cuidado de não citar Cacau, pois isso ia azedar nossa conversa de saída.

— Você acha mesmo que entrar nas universidades deles ajuda alguma coisa? Acha mesmo que é isso que faz a vida deles boa? Olha esse quarto, essa d. Lúcia... foi o estudo, a universidade que deu o que ela tem? Já tenho um plano. Andei fazendo alguns bicos e juntei um dinheirinho. Vou entrar num pequeno negócio. O que foi? Não faz essa cara! Não é nada errado, sua doida...

Com ar de criança levada, ele se despediu de mim na porta da cozinha, me deixando ali com aquela cara de quem não acredita no que acabou de fazer. João desceu.

Uns minutos depois, ouvi passos na escada e já abri a porta, sorrindo.

— Tá rindo de quê? — Cacau perguntou.

Banheiro

Sufocando o grito numa toalha no banheiro social, eu chorava. Ninguém tinha me contado. Eu mesma vira João beijando a tal garota do apartamento 31. Aos catorze anos, eu vivia a minha primeira grande decepção amorosa, com um teste de gravidez positivo nas mãos.

Sentada no vaso sanitário luxuoso, eu tentava enxergar a cor da faixa naquela espécie de termômetro. Se a coloração ficasse vermelha, era positivo. O teste, que já era o segundo, estava quase roxo. Não tinha mais dúvida. Com isso, o pânico foi se instalando de maneira tão profunda que não consigo pôr em palavras. Entrei naquele banheiro uma adolescente romântica e saí uma mulher atormentada.

Quando o namoro apimentado com João começou, minha primeira menstruação tinha vindo fazia apenas um ano. A realidade do mundo das preocupações das mulheres adultas era muito distante e pouco palpável para mim.

Não que eu não soubesse o que acontecia, mas na minha cabeça aquilo era algo muito, muito improvável de acontecer comigo. Eu e mamãe quase não conversávamos sobre essas coisas. Eu até que tentava puxar o assunto, mas sentia que ela morria de vergonha, então não insistia. Ao mesmo tempo, via as meninas do colégio todas já com seus namorados, e elas pareciam pouco preocupadas também. Ninguém falava direito sobre sexo em casa nem na escola, e as informações corriam entre nós da forma mais torta possível.

Nessa fase da vida, fazer sexo é como andar em um carro em alta velocidade ou atravessar uma avenida de tráfego intenso de olhos vendados. A gente pode fazer noventa e nove vezes e nada acontecer, mas se a centésima tentativa der errado... Pensei no que ouvi Jurandir dizer a João quando brigaram: "E desde quando tu tens o direito de errar como esses garotos erram, moleque?". Pois é. Pessoas como nós precisam calcular tudo com precisão ou a vida pode complicar para sempre... E eu me revoltava porque não achava isso justo.

Naqueles dias, começou a correr uma fofoca no edifício de que a tal garota do apartamento 31 tinha engravidado e tirado a criança numa clínica, e sua vida seguia como se nada tivesse acontecido. Ouvi minha mãe e outras empregadas do prédio cochicharem num debate a meia-voz pelos corredores.

— Pra mim é assassina, sim! Não se tira uma vida inocente... a criança não tem culpa de nada!

— Assassina, Eunice? — protestou Hilda, a cuidadora

do general. — O que você sabia da vida com a idade dela? Não diga isso, querida... Ainda não é uma vida formada.

— Não aceito, Hilda. Não consigo entender... pra mim é assassinato e acabou!

Todo mundo tinha uma opinião a dar. A única que não vi falar — aliás, também não a vi mais por um bom tempo — era o alvo de toda aquela discussão.

Teria sido do João? Como contar para minha mãe, que nem sabia que eu não era mais virgem? O que eu faria com um bebê aos catorze anos, sem qualificação, sem profissão, sem trabalho? Eu não queria limpar uma casa que não fosse a minha. Não queria ter de levar uma criança para o trabalho na casa de ninguém. Essa era a minha história, e eu não desejava repeti-la com meus filhos. Aliás, eu não queria filhos! Não queria outra d. Lúcia como patroa nem outra Camilinha para trocar fraldas, dar comida, amor e tempo, e um dia vê-la sujar coisas de propósito, com o consentimento dos pais, só para me ver limpar. Não queria ficar uma semana inteira longe do meu próprio lar para deixar a casa dos outros mais aconchegante e confortável.

Eu estava desesperada. Ali sentada, minha vida toda, desde o dia em que pus os pés pela primeira vez naquele apartamento, passou pela minha cabeça. Lembrei de Irene. Onde ela estaria? Fazendo o quê? Revi na tela mental o tapa que d. Helena deu em seu rosto, no deck da piscina. Aquelas pessoas têm certeza de que nascemos para servi-las e de que o nosso caminho é apenas um. Minha gravidez precoce daria a elas ainda mais certeza. Lembrei de mamãe consolando Irene. Será que ela teria a mesma compreensão comigo? Acharia ela que eu, apenas um ano mais velha que Irene quando a conhecemos, também era uma criança?

Quanto mais o tempo passava, mais aumentava o meu pânico dentro daquele banheiro elegante, onde eu era uma peça fora de lugar. Nada em mim combinava com a bancada de mármore, o vaso sanitário moderno contrastando com peças em estilo retrô, as toalhas felpudas, o difusor de aroma caro. Tinha me refugiado ali porque dificilmente minha mãe me procuraria naquele cômodo que nunca utilizávamos. Ali só as visitas podiam despejar seus dejetos.

Uma coisa combinava com o banheiro de visitas de Tiago e Lúcia — aliás, com a casa inteira deles —: o enorme sentimento de solidão que me invadia. Eu estava só, e as paredes do banheiro pareciam ir se estreitando ainda mais sobre mim, mas era preciso pensar... e depressa! Existia apenas uma saída. Eu precisava descobrir como fazer o mesmo que a garota do apartamento 31, mas ela era rica... muito rica.

Minha impressão era de que tudo estava correndo como no dia do quase afogamento do Bruninho, rápido e confuso. Por mais que me esforce, não consigo lembrar direito como fui parar ali, mas quando dei por mim estava sentada em um banco de cimento no meio de uma praça.

E com a possibilidade real de acabar com aquele drama de forma trágica.

Pracinha

Por uma fração de segundo, me passou pela cabeça que seria bonito ter um filho com João. Certamente seria uma criança linda, com aquelas covinhas que apareciam no rosto dele quando sorria; com os olhos belíssimos e o jeito de olhar da minha mãe; com minhas mãos longas; com o bom humor do meu pai quando estava sóbrio; com a habilidade de Jurandir para montar e desmontar coisas. Um garotinho inteligente feito o tio Cacau. Um menininho ou uma menininha com o melhor de cada um de nós... Pensei que poderia ser uma moleca de cabelo farto, uma floresta para o alto, como era o meu quando eu ousava soltá-lo ao vento, ou o do João, caso ele não se visse pressionado a mantê-lo raspado.

Ousei sonhar com uma família como sonhavam as meninas da minha idade, mas me bateu aquele mesmo desespero das que se viram adultas antes do tempo. Eu não poderia ter um filho aos catorze anos. Mais que isso: naquele momento eu não sentia vontade de ter um filho em idade nenhuma. Criança, para mim, era sinônimo de prisão.

O delírio de família feliz foi rapidamente substituído pelo drama do vazio de ideias para solucionar o problema. Foi aí que outra pessoa apareceu na minha memória: meu pai. O sr. Sérgio e a promessa que fez para minha mãe na noite depois da festa do Cacau: "Cuida da nossa filha. Ela tá crescendo aqui e eu sei o que pode acontecer... Se um desses moleques fizer alguma coisa com a minha menina, eu mato. Você sabe que estou falando sério".

Eu tremia só de pensar que João pudesse sofrer algo. Garota apaixonada é fogo... Estava morrendo de raiva dele, mas sentimento não se explica. Me lembrei das palavras do meu pai com um frio na espinha. Melhor seria se eu desaparecesse, afinal, eu era a culpada. Sim, eu achava que eu era a única culpada e responsável por aquela gravidez indesejada e totalmente fora de hora.

Seu Tiago e d. Lúcia ainda não tinham voltado. Não seria difícil entrar no quarto deles e pegar uma coisa que certo dia, enquanto cuidava de Camilinha, vi d. Lúcia guardando no alto do armário: uma arma.

Lembro de sair correndo pela portaria, sem nem falar com Cacau e Jurandir, que estavam perto do portão. Não me recordo do que aconteceu no trajeto, apenas de que me vi sentada em um banco próximo ao viaduto agarrada com o embrulho, que poderia guardar compras de mercado, de alguma loja ou um presente, mas continha a arma do seu Tiago. Não percebi que Cacau tinha me seguido, mas ele se sentou ao meu lado e falava comigo com aquela calma dele, aquele jeito sereno. Eu o espiei de canto de olho. Não conseguia encará-lo.

— Mabel, o que você tem? O que é esse embrulho aí?

Ele estendeu o braço lentamente para que eu entregasse o pacote. Segurei com mais força, mas depois fui desmontando e ele pegou o saco com cuidado e abriu devagar, descobrindo o que tinha dentro. Começou a falar sussurrando e olhando para os lados, em pânico.

— Você tá doida? Sabe o que acontece se a polícia pegar a gente aqui?

— Não pedi pra você vir atrás de mim...

— O que você ia fazer com isso?

Escondi o rosto nas mãos. Nunca tinha me sentido tão perdida em toda a minha curta vida.

— Bem... matar alguém sei que não quer e não vai. Então... se você quiser se matar, se mata, mas saiba que sua mãe vai morrer junto. Então, além de suicida você será uma assassina.

Outra vez aquela palavra. Parecia um destino inevitável.

— Você não quer nada disso. Anda... vamos voltar e você vai devolver isso urgente para o lugar onde estava antes que alguém dê falta.

Cacau me estendeu sua mão e o abracei, trêmula. Devia estar meio entorpecida. Até meu pai achei ter visto no meio das pessoas que passavam por nós. Dominando o nervosismo e o desespero, contei tudo a ele. Tudo. Ele abaixou a cabeça, suspirou alto, soltou um "Que merda!" muito alto e depois disse: "Vamos dar um jeito nisso".

Cacau sempre teve um jeito para conseguir as coisas sem que ninguém se desse conta, e foi Hilda, a enfermeira cuidadora do general Mingau, quem contou onde a garota do apartamento 31 tinha feito o aborto. A fofoca estava mesmo na boca de todo mundo no prédio, e ela soltou sem nem sentir.

— Pois é, meu filho, tem uma clínica bem perto daqui. Já me chamaram pra trabalhar lá, mas eu é que não vou... — falou, franzindo a testa.

— Jura? Não acredito!

— Juro, mas quer saber? Fico com medo só porque é ilegal e porque ganho até bem aqui.

Hilda deu o serviço todo. Tínhamos o "o quê" e o "onde", mas faltavam o "quando" e o "como". Essas coisas são caras, e eu não morava no terceiro andar daquele edifício. Era a filha da empregada da cobertura.

O tempo corria contra nós... contra mim, para ser exata. A barriga ia aparecer em breve e eu precisava esconder da minha mãe os enjoos, o sono e todo o mal-estar que andava sentindo, além de manter João longe. Esta última era a tarefa mais difícil. Hoje vejo que a gente se gostava de verdade... e João podia não ser estudioso como o irmão, mas era inteligente igual. Ele entendeu rápido que alguma coisa grave estava acontecendo e que eu e Cacau estávamos escondendo isso dele. Então, parou de me cercar e tentar arrancar o que era e passou a me vigiar. Na cabeça dele eu estava tendo um caso com o irmão. Não poderia acontecer confusão maior...

Estou mentindo. Poderia, sim. Sempre pode.

Recepção

O lugar não tinha luxo, mas era muito limpo e discreto. Caprichei no visual para parecer mais velha, e Cacau, que andava cultivando um bigode, passava tranquilamente por um jovem de dezoito ou dezenove anos — aliás, o objetivo dele era esse mesmo. Eu suava. Estava com muito medo e nervosa demais. Cacau apertou minha mão.

— Calma. Ainda não vai ser hoje. Só viemos saber informações. Relaxa.

Nem passamos da entrada. João apareceu sei lá de onde, já empurrando o irmão. Começamos um bate-boca na recepção da clínica, onde em alguma tarde qualquer como aquela a garota do 31 entrou gestante e saiu outra vez adolescente despreocupada. A confusão na recepção chamou a atenção, e um homem corpulento nos enxotou.

Quando Cacau finalmente conseguiu dizer o que tínhamos ido fazer ali, João Pedro estancou feito estátua. Voltamos para o edifício calados. Já na frente do Golden

Plate, Cacau entrou e nos deixou sozinhos. João estava sem palavras e disse que precisava pensar.

Entrei no elevador com um aperto no peito. Assim que abri a porta da cozinha, mamãe perguntou aonde eu tinha ido. Inventei um lanche na casa de alguma colega e levei uma bronca por não ter avisado. Pra minha sorte, ela estava de saída para a padaria. Corri para o banheiro: precisava vomitar.

Quando a família finalmente voltou de viagem, d. Lúcia botou o olho em mim e viu que alguma coisa estava diferente. Acho que ela percebeu logo porque, ao contrário da minha mãe, ficou um tempo sem me ver. Eu continuava ali, ajudando mamãe nas inúmeras tarefas. João desapareceu. Comecei a pensar em alternativas caseiras e estava prestes a executar um plano que parecia bem arriscado, mas resolveria meu problema. Anos depois, como residente de medicina, vi meninas morrerem porque foram às últimas consequências na ideia que pensei em realizar.

Depois de um tempo me observando discretamente, d. Lúcia me deixou sem saída.

— Você está grávida.

Foi a primeira vez que a olhei sem a antipatia que ela me despertava desde o nosso primeiro encontro. Ela teve uma reação muito diferente do que eu imaginava, mas meu rosto não escondeu o pavor. Depois de fazer um pequeno discurso sobre o corpo da mulher, os direitos e os atrasos na legislação, disse que uma adolescente não poderia assumir uma responsabilidade tão grande, além de ter tocado em outras questões cuja complexidade eu levaria mais de uma década para compreender. Naquele momento, tudo o que

63

me importava era que ela iria me ajudar a sair da confusão em que eu me metera.

D. Lúcia pensou em tudo. Ela me incluiu num grupo que ajudava a fazer o procedimento à distância, por mensagem no telefone. Ainda não tínhamos celular, um item caríssimo para nós naquela época, mas d. Lúcia me emprestou o aparelho dela e pagou pelos medicamentos, que chegaram pelo correio. Eram caros, porém bem mais acessíveis que uma internação. Ela ainda deu folga para d. Eunice, que não ia para casa fazia tempo, mas pediu para que eu ficasse, com a desculpa de que faria companhia para a Camila, que andava meio adoentada. Ela recebeu o material com o passo a passo, me entregou e me deixou só.

Agora éramos só eu e o banheirinho.

Banheirinho

Coloquei quatro comprimidos embaixo da língua, meti outros quatro bem fundo na vagina e deitei em posição fetal. Chorei um pouco e acabei dormindo. Despertei com uma cólica fortíssima e a luz da tela do celular, onde alguém sem rosto escreveu: "Olá! Já começou? O que está sentindo? Tenha calma. Estou aqui". Ficamos assim, eu e uma desconhecida, trocando mensagens de texto numa noite que seria longa. Respirei fundo. Tive um sangramento intenso e em certo momento pensei em gritar, pedir a d. Lúcia que chamasse uma ambulância, mas me segurei. Eu tinha que terminar aquilo, pois o fantasma na tela azul escrevia que ficaria tudo bem. E fui até o fim.

Fiz tudo no banheirinho. Não tive coragem de ir para o quartinho. Não tinha coragem de olhar os santinhos da minha mãe na cabeceira da cama. Fiquei espremida ali, entre a privada, a pia e o minibox. O curioso era que, ao contrário daquele banheiro gigante e luxuoso perto da sala, naquele momento o lugar minúsculo amenizava a minha sensação de desamparo e abandono. Ele era apertado como um útero para um feto grande. Naquele momento, era o meu útero que se contraía. E meu coração também.

Quem visse a cena me acharia ridícula deitada no chão, em cima do tapete, com toalhas fazendo as vezes de travesseiro e coberta. Pus as pernas para o alto, apoiadas na tampa do vaso sanitário. O quartinho me assombrava porque tudo ali tinha o cheiro, a cara e a marca da minha mãe. Era como se ela fosse entrar a qualquer momento com o lenço impecável, os olhos brilhantes e o sorriso sereno. Eu podia vê-la se benzendo no altar improvisado e orando baixinho.

Gastei um pacote inteiro de absorventes numa única noite. Pela manhã, tomei um banho, lavei minhas roupas e o banheirinho, tomei um remédio que fora recomendado, talvez um analgésico, fiz um café, pus a mesa na sala, abri as cortinas do quarto e acordei Camilinha. Tirei seu uniforme do armário, servi seu leite, suas torradas, acompanhei a menina até o transporte escolar. Tudo aquilo que minha mãe faria.

Enquanto subia de volta para o apartamento, olhei para o espelho do elevador e disse: "Bom dia, Irene. Bom dia, Eunice". Via meu rosto misturado com o delas. De repente, a porta se abriu e uma pessoa inusitada apareceu. Dadá, a empregada da síndica, segurava uma bonequinha feita de retalhos que ela mesma costurava e me sorriu seu sorriso inocente de criança velha. Com uma expressão desolada, penalizada, ela me estendeu a mão e a bonequinha, como quem dá um presente muito caro. Saímos do elevador e nos sentamos num dos degraus da escada do andar. Dadá não disse nada. Ela pôs minha cabeça em seu colo e acariciou meu cabelo como se eu fosse a criança que ela mesma era, mas que eu não poderia mais ser.

O encontro silencioso e misterioso com Dadá me acalmou um pouco. Subi para a casa de d. Lúcia, comi alguma coisa e tentei dar um ritmo normal à vida. Não podia recomeçar a chorar e estar com a cara inchada quando minha mãe abrisse a porta da cozinha. Peguei uns livros da escola e me pus a fazer exercícios atrasados.

Os donos da casa só acordaram uma hora depois que a filha tinha ido para o colégio. D. Lúcia entrou na copa ainda vestindo um robe de seda, e no mesmo instante devolvi seu telefone. Ela me olhou, curiosa, e perguntou se estava tudo bem. Balancei a cabeça afirmativamente, mas não disse nada. Ela veria a conversa no telefone.

Mamãe voltou e não percebeu nada. Ficou orgulhosa porque encontrou tudo mais limpo que antes, a mesa posta na sala, a menina na escola, as camas feitas...

— É... A gente não percebe nunca quando os filhos cresceram — disse ela me olhando intrigada, antes de partir para se trocar no banheirinho.

Ela não sabia o quanto. Não sabia mesmo.

Janela

Quando contei a Cacau sobre a noite em que deixei no passado o futuro de ser mãe-menina, ele apenas me ouviu com respeito e silêncio, sem me julgar nem me condenar. Cacau me ofereceu seu abraço e se angustiou comigo, mas quem me fez subir mais um degrau na escada da maturidade foi seu irmão.

João também me ouviu sem emitir palavra, com a cabeça apoiada nas mãos e olhando para o chão. Contei que fiz tudo sozinha, trancada no banheirinho, e que d. Lúcia me levou depois a uma clínica de uma amiga, para confirmar se tinha dado tudo certo. Vi quando algumas gotas caíram dos olhos dele para o solo. Nunca tinha visto João chorar por nada. Para mim, ele era a pessoa mais forte que eu conhecia. Então me preocupei. Ele enfim levantou a cabeça e me fitou com olhos vermelhos e um brilho de raiva. Seria por minha causa?

— A gente não tinha a menor condição, Mabel... nem

de grana, nem de cabeça. Você tem catorze anos e eu, dezesseis. Somos pobres demais... Nisso ela tava certa, mas... Olha, esses barões aqui não querem nunca perder duas empregadas pelo preço de uma! Ela não fez isso por você. As mãos dele se crisparam, a voz embargou, o rosto enrugou. João envelheceu ali, na minha frente, em segundos, aos dezesseis anos. Chorou copiosamente como eu nunca tinha visto antes. Ele, sempre tão respondão, tão arrogante, chorava de soluçar, e eu não sabia o que fazer. Meu coração se dilacerou ainda mais. Por fim, quando conseguiu se controlar, beijou meus lábios com suavidade, pegou minhas mãos e me olhou fundo, de um jeito terno.

— Então, gatinha, olho vivo pra não ficar presa nesse alívio e nessa gratidão. Nossos pais, por outros motivos, já estão.

Como um pôr do sol que vai chegando de mansinho dentro da moldura de uma janela elegante, ou como a manhã que aos poucos tinge o céu com o mesmo rosa do poente do dia anterior, nossa vida foi passando.

Eu e mamãe continuávamos ali, na gaiola dourada do edifício Golden Plate. Éramos pássaros dentro de um viveiro luxuoso, mas uma jaula deixa de ser a vilã da liberdade só porque é pintada de dourado? Tínhamos asas condicionadas que vez ou outra nos levavam para outros pousos: nossa casinha no subúrbio distante ou para algum outro lugar, mas o retorno ao "criadouro" era certo.

Foi olhando a belíssima vista do apartamento de cobertura, de pé no deck da piscina que testemunhou o tapa na cara da dignidade da menina Irene, que saí da segunda infância para a adolescência e desta para a juventude e a vida adulta. Crescendo ao meu lado, sempre num estágio anterior ao meu, estava Camilinha. Enquanto eu era criança, ela estava no berço. Quando eu era adolescente, ela fazia travessuras e estudava em uma escola bilíngue. Girando ao redor daquelas vidas estavam as nossas. Eu e mamãe, dois satélites no entorno daqueles planetas. Dividíamos o quartinho, mas, à medida que eu e a filha única daquele casal crescíamos, eu e minha mãe fomos nos distanciando uma da outra e, acredito, de nós mesmas.

Terminamos o ensino médio com ótimas notas, eu e o Cacau. Jurandir e minha mãe estavam quase mortos de orgulho. Pela segunda vez na vida, o Jura pediu o playground e o salão de festas para comemorar. Ninguém em nossas famílias tinha ido tão longe nos estudos, e nós estávamos muito próximos de um passo ainda maior: a universidade.

João Pedro tinha mesmo começado um pequeno negócio, uma vendinha de balas e doces numa comunidade não muito distante dali, onde também foi morar. Aparentemente estava mais tranquilo. O que Jurandir queria mesmo era que ele estudasse como eu e o Cacau, mas... pelo menos estava seguindo o caminho dele de forma honesta, e isso era motivo de grande alívio não só para o Jura, mas para nós todas e todos que havia anos convivíamos nas áreas de serviço do Golden Plate.

Cacau havia convidado o general Mingau para a festa, afinal, fora por causa dele que conseguira estudar no colégio caro. Por essas coincidências que parecem armadas pelo diabo, o general e João chegaram juntos. Vi quando abri-

70

ram ao mesmo tempo as portas dos elevadores que davam para o playground — João vinha no de serviço, e o general, no social. Hilda, como sempre, estava atrás, empurrando sua cadeira. Ele tinha envelhecido bastante, mas sua língua seguia enérgica, como se o tempo não tivesse passado.

A festa foi animada, com alguns amigos do colégio chique do Cacau e outros da minha escola pública. Mas a presença de uma pessoa em especial me emocionou demais: Dadá, que apareceu rapidinho na entrada da escada de serviço e me chamou com um gesto apressado.

— Presente de formatura. Seja feliz! — disse, me entregando outra bonequinha de pano costurada por ela.

Foi uma das poucas vezes em que ouvi sua voz, e a abracei como se ela fosse a boneca. Na verdade, era, sim. Ela *era* aquela bonequinha. Eu queria saber mais sobre ela: como tinha ido parar ali, trabalhando para d. Imaculada, a síndica, como era sua vida, quem era sua família... Mas Dadá não aceitou ficar para a festa e subiu correndo de volta para o apartamento no primeiro andar, de onde raramente saía.

Muito honrado pela presença do general Feitosa, Jurandir passou o tempo todo bajulando o velho. Eu estava só esperando a hora em que alguém ia chamá-lo de Mingau, como era de fato conhecido no prédio, inclusive pelos patrões. Mamãe, que havia resolvido se arrumar, estava ainda mais linda do que de costume e também tentava agradar ao Feitosa e à Hilda. Até que, a certa altura, Jura pediu a atenção de todos para fazer um discurso.

Ele estava inspirado. Devia ter preparado aquela fala por dias e dias. Primeiro, agradeceu a presença de todos e disse que se sentia um homem afortunado. Utilizando uma imagem poética, se referiu à vaga arranjada pelo general como uma "janela de oportunidade" para o filho, algo que possibilitaria que tanto eu como o Cacau fôssemos os primeiros das nossas famílias a, "se Deus quiser", entrar para a universidade. Mas foi aí que o Mingau entornou.

— E também, se Deus quiser, sem a bobagem e a desonestidade das cotas! Olhem como estamos aqui, todos iguais, humanos!

Os convidados se entreolharam. Meus amigos da escola pública olharam para os amigos da escola chique do Cacau, que por sua vez devolveram as miradas de estranheza. Só então percebemos que estávamos em lados opostos do salão, e o general, no meio, ia subindo o volume da fala, como um mingau de amido de milho bem grosso, mas sem açúcar.

Estávamos quase na segunda década do século XXI, e eu via que outras "janelas de oportunidade" de fato se abriam, mas, ao mesmo tempo, o caldo do país estava engrossando, e não dava para ignorar esse fato. Não dava para fazer como todos naquela festa, que apenas fingiam prestar atenção na palavra que o Mingau roubou do Jurandir.

SEGUNDA PARTE
Eunice

Quintal

"E eu sou sua mãe! É bom baixar esse queixo e essa voz. Você me deve respeito; eu vivi coisa que você nunca soube o que é porque EU estava aqui pra não deixar você saber!" Foi o que pensei, mas não disse.

Mabel falava sem parar, e eu só queria pendurar minhas roupas em paz. O sol, apesar de quente, estava gostoso, e eu precisava pensar. Vivi com aquela família muito tempo. Vi Camila crescer como a mãe dela não viu, e era tudo muito difícil para mim. Nunca devia ter aceitado o convite para ir ensinar a nova empregada a fazer a feijoada daquele jeito que a menina gosta. Foi nesse dia que tudo aconteceu. Se arrependimento matasse...

O Jurandir bem que tentou me dizer para esquecer de vez a família do seu Tiago e da d. Lúcia e todo mundo do edifício Golden Plate. A gente quase brigou porque eu disse a ele que o prédio fazia parte da nossa história, da nossa vida. Foi lá que nos conhecemos e que nossos filhos cresceram, e era lá que de alguma maneira ainda estava João Pedro. Aí Jurandir fechou a cara e passou a manhã emburrado, consertando o muro.

Mabel saiu pela porta da cozinha para o quintal feito um foguete e desandou um falatório sem fim. O telefone dela não parava de tocar, e todo mundo queria falar comigo. Eu sei que ela sempre sentiu ciúme da Camila. Mas ela não entende que a menina também é minha filha! Nunca que vou gostar menos dela e mais da outra. É só que a gente se apega a uma criança quando vê nascer, acompanha os primeiros passinhos, vê o primeiro dente cair... essas coisas. Quem não se comove com um sorriso de bebê tem pedra no lugar do coração.

Ela não é má pessoa, e sempre foi carinhosa comigo. Quando era novinha, tinha umas manhas. Coisa de criança... Mas eu não conseguia enxergar esse demônio que Mabel pintava, e não conseguia me ver sentada na frente de um delegado para depor contra a mãe da Camila. D. Lúcia, chorando muito, me jurou que foi sem querer... Mas, na voz de Mabel, ecoava a da minha mãe, que me advertiu desde o dia em que comecei a trabalhar naquela casa.

O que eu ainda precisava enxergar? O que eu não conseguia ver e por quê? E a tagarelice da Mabel mais atrapalhava do que ajudava! Quando minha filha começou a chorar me deu um nó na garganta, um aperto no peito...

O que importava era que ela, depois de tanta luta, estava na faculdade de medicina. Não seria por falta de livro que ela não ia terminar a universidade. Era muita aula, muito estudo... Ela se virava bem, mas se eu podia ajudar, ajudava. Veja lá se tinha algum cabimento tanta batalha se não fosse para ver Mabel num lugar muito melhor do que foi o da minha mãe e do que era o meu! O dinheirinho que Camila colocou na alça do meu sutiã naquele dia da "aula" de feijoada estava lá no pote azul em cima da geladeira, esperando para virar livro de anatomia.

A cada nota boa, a cada fase que ela passava dentro do curso, eu ficava imaginando o sorriso de d. Codinha, minha mãe... parteira de mão cheia, rezadeira, mulher que tudo sabia curar. Deve estar feliz lá no céu!

Mabel estava zangada comigo... Lá ia ela pisando duro pelo quintal, mas vestindo jaleco com o nome que eu bordei no bolso.

— Deus te abençoe, filha minha. Nossa Senhora te guarde sempre...

Chorei sentindo o cheiro do sabão em pó na roupa pendurada no varal. Estava com muita vergonha... minha filha ia se formar médica e eu ainda mal sabia ler e escrever.

Sala de estar

— Deu muito trabalho ajeitar a bagunça, Eunice? — disse ela, passando o dedo indicador na mesinha de centro e depois esfregando no polegar.

Aquela sala... meu primeiro dia tinha sido quase todo concentrado nela. Nunca havia visto uma sala daquelas! Minha casa toda e talvez mais um pedaço da casa do vizinho cabiam ali. Varri tirando os móveis do lugar com muito cuidado. Deus me livre arranhar, quebrar, rasgar alguma coisa daquelas.

D. Lúcia tinha me falado que tudo na sala tinha uma história e era muito valioso. Ela me mostrou um vaso que ficava num quadrado enfiado na parede, uma jarra da China ou do Japão, sei lá... Falou que valia vinte anos do meu salário. Vou confessar: nunca tirei aquilo de dentro do quadrado. Eu segurava firme com uma das mãos para fixar bem na base e ia tirando o pó em volta bem devagarinho. Tirar aquele cão do lugar dele? Valei-me, Deus e Nossa

78

Senhora! Foi nesse primeiro dia que levei também meu primeiro grande susto trabalhando na casa do seu Tiago e da d. Lúcia.

Ela estava na sala com umas amigas e a irmã, d. Helena, e saiu com elas para umas compras. Assim que trancaram a porta, entrei na enorme sala de estar esvaziando os cinzeiros, recolhendo copos de água, espanando e passando pano em tudo com muito cuidado, quando vi uma carteira entre as almofadas do sofá. Era certo que estava no bolso ou na bolsa de alguém que não percebeu que caiu quando se levantou.

Abri e contei o dinheiro... Para elas podia não ser grande coisa, mas para mim era muito. Aquela quantia resolvia as infiltrações na cozinha e comprava roupas novas pra Mabel, que estava crescendo e perdendo tudo... garantia também alguns remédios da minha mãe... E alguém ali tinha aquilo tudo no bolso!

Na hora lembrei de quando minha mãe me viu saindo para o meu primeiro dia como empregada doméstica. Ela estava muito contrariada e dizia que preferia mil vezes capinar, plantar, fazer o duro trabalho da terra, a ir para dentro da casa de rico. Ela lamentava, e eu dizia com um tom meio ofendido que não era para tanto, que o trabalho era digno e iria garantir nosso sustento honestamente. Nunca vou esquecer o que ela me falou.

D. Codinha disse que sabia que era um serviço honesto, digno, mas mesmo assim se entristecia, porque olhava para mim e lembrava das histórias que a avó dela contava sobre servir em casas-grandes. Eu achava tudo um exagero enorme. Para aquele trabalho eu tinha conseguido uma recomendação de uma amiga dela que lavou roupa por muito tempo para a mãe de d. Lúcia. Foram tantos anos que ela até foi convidada para o casamento com o seu Tiago.

O salário era maior do que costumavam pagar na época, e nós estávamos precisando muito. O Sérgio já tinha seus problemas com bebida, gastava demais, às vezes sumia... Mabel estava crescendo e mamãe andava com um problema no quadril, então não podia fazer esforço e trabalhar mais pesado porque sentia muitas dores.

Na volta do passeio com as amigas, d. Lúcia se sentou no sofá, cruzou as pernas e acendeu um cigarro enquanto me examinava terminar de arrumar a sala. Encheu um cinzeiro de cristal que eu tinha acabado de esvaziar.

— Imagina, d. Lúcia. Não estava tão bagunçada assim. Olha, encontrei uma carteira e coloquei dentro dessa caixa... Alguém não deve ter reparado que caiu quando se levantou.

Puxei a gaveta de um armário encostado na parede. Ela pegou a carteira, contou nota por nota e me olhou com um sorriso enigmático. As palavras de mamãe não me saíam da cabeça, e se antes havia coisas que eu achava difícil compreender, naquele primeiro dia comecei a entender tudo.

Jardim

O sol estava brilhante, e o pequeno jardim na frente da nossa casa no subúrbio estava lindo, porque tinha chovido a noite toda. Nossa rua é comprida e ainda não tinha sido asfaltada naquela época, o que fazia o cheiro de terra molhada subir forte. Juntava-se a isso o cuidado do Sérgio, que era jardineiro de mão cheia. O jeito dele com as plantas era impressionante. Mamãe dizia que ele tinha "dedo verde": tudo em que tocava florescia, crescia, dava frutos...

O talento dele para fazer a vida brotar foi comprovado comigo. Assim que nos juntamos, engravidei. Ele ficou muito feliz. Nós ficamos. Antes dele, tive um namorado que também me engravidou. Eu era nova demais, tinha catorze anos, e foi um drama em casa. Essa confusão acabou com parte da minha juventude, porque perdi a criança, e minha mãe passou a me prender demais, vigiando cada passo meu.

O medo dela de eu arrumar outro namorado na escola — e acabar grávida de novo — era tanto que acabei estudando muito pouco. Minha mãe me criou sozinha, então logo cedo me carregou para ajudá-la nos mil trabalhos. A vida ia avançando, e o tempo para essa coisa de estudar foi ficando para trás. Ainda leio mal e quase não escrevo.

Até que comecei a namorar o Sérgio. Na época, a gente frequentava a igreja do bairro. É engraçado isso do Brasil... Mamãe tinha lá seus caboclos, pretos velhos, entidades e velas num altar no jardinzinho de casa, mas íamos à missa todo domingo. Sérgio era um rapaz direito, morava com os tios e trabalhava, então d. Codinha foi relaxando, e até gostava muito dele. Mabel era a luz dos olhos do pai. Lembro até hoje de quando ele plantou com ela uma goiabeira. As mãozinhas dela, tão pequenas, abrindo a terra, e ele ensinando, falando que a terra era boa com quem era boa com ela... mas ele queria o mundo. Sérgio tinha uma coisa de querer conhecer coisas novas. Sonhava com viagens para lugares a que nunca teríamos condições de ir.

Eu sonhava junto com ele, mas, assim como os meus estudos, os planos foram ficando no passado. Quando alguém me pergunta se aconteceu alguma coisa grave, digo que sim e não. Não aconteceu nada, e não acontecer nada era grave. Sei lá por que todo mundo acha que tragédia acontece de repente. Um pântano cheio de mosquito pode ser mais terrível que a água de uma chuva forte. Os anos iam passando e nada acontecia. A vida parecia parada no tempo para nós, e aos poucos fui achando impossíveis todos aqueles sonhos. Sérgio também.

Ele então foi mergulhando na bebida. Era estranho... parecia que ele estava sempre dizendo tchau para si mesmo, se despedindo. Não achava graça em nada, nem no jardim de que sempre cuidava com tanto gosto. Um dia, quando abri o portão, vi as folhas da espada-de-são-jorge murchas e me assustei, porque se tem uma planta forte é essa! Se a espada-de-são-jorge estava murcha, o resto todo também estava. Foi quando Sérgio sumiu de vez.

Ele tinha aparecido no meu trabalho para pedir dinheiro no dia da festa de aniversário do filho mais novo do Jurandir. Eu me apavorei. Um escândalo me faria perder o emprego, e eu não podia ficar sem aquele trabalho de jeito nenhum. Mamãe tinha piorado e precisava de remédio. D. Lúcia já se acostumara com Mabel por perto, e a menina estava indo para a escola. Tinha chances de chegar aonde nenhum de nós havia chegado.

Foi uma confusão com Jurandir, uma discussão horrível, mas felizmente conseguimos acalmar a situação antes que saísse completamente do controle. D. Imaculada desceu pra ver o que estava acontecendo e pedi quase de joelhos para ela não falar nada para d. Lúcia, que aquilo não ia acontecer outra vez.

Entrei no edifício puxando Mabel pela mão e sem agradecer direito ao Jurandir, que tinha sido bem bacana comigo no meio do bate-boca. Eu não conseguia ser o que o Jurandir queria que eu fosse para ele. Dançamos juntos na festa do Cacau, e ele disse que gostava de mim de verdade, que queria ficar comigo... Mas e o pai da minha filha? Como resolver aquela situação? Eu morria de medo do que poderia acontecer, porque meu marido era uma pessoa boa, uma pessoa até doce, mas se transformava quando bebia.

Sérgio enfiou o dinheiro no bolso e saiu pela calçada trançando as pernas. Eu estava com um aperto no coração, um peso no peito. Quando cheguei ao quartinho, chorei sozinha sentada na privada do banheirinho assim que Mabel pegou no sono. Eu sentia a dor de todas as vezes em que as mãos dele se ergueram para me alcançar, como se me bater por qualquer contrariedade resolvesse, acalmasse alguma coisa dentro dele.

Minha vida não podia continuar do jeito que estava. Mas o que eu não sabia era que Sérgio sumiria dentro da noite e desapareceria da nossa vida por um tempo igual ao da eternidade.

Parede

Fiquei encostada na parede como se fosse um dos quadros pendurados ali. Nem senti o corte que deixava escorrer o sangue da testa para o rosto. Bruninho gritava desesperado; d. Lúcia estava imóvel feito estátua com os olhos arregalados e mais branca do que já era; d. Helena tentava acalmar o filho; e seu Tiago correu para o escritório para revirar suas pastas e achar o papel do seguro. Sim, o vaso chinês (ou japonês?) estava espatifado em mil pedaços no chão.

Seu Tiago tinha mandado instalar uma iluminação especial no vão onde o vaso ficava. Era uma parede bonita, logo na entrada do apartamento, e à noite, quando as luzes acendiam automaticamente, a porcelana ficava mergulhada num tom azul envolvente, relaxante. Impressionava de cara qualquer visitante.

A casa da d. Lúcia e do seu Tiago parecia atrair coisa ruim para o Bruninho. O garoto tinha se salvado do afogamento quando era bebê, mas cresceu uma criança frágil,

85

com muitos problemas de saúde. O tempo que ele ficou sem respirar deve ter machucado o cérebro, então ele tinha dificuldade para falar e para se mover, por isso usava uma cadeira de rodas. D. Helena não visitava muito a irmã, talvez porque o apartamento lembrasse o horror do dia daquela festa, que terminou com todo mundo no hospital e Irene na cozinha chorando nos meus braços.

Mas dessa vez tinha acontecido diferente. Estava todo mundo no terraço da piscina, e eu, Mabel, Camilinha e Bruninho, na sala. Estávamos ali lanchando tranquilos, vendo desenhos animados na televisão enquanto os adultos conversavam e bebiam, aproveitando um solzinho bom de fim de tarde. Tudo parecia calmo, então fui à cozinha pegar mais sanduíches.

— Você não consegue pegar! Vem, Bruninho, vem aqui pegar!

O menino se esticou para tentar pegar o último sanduíche que Camilinha, de pé, segurava na frente dele.

— Camila, para com isso! Minha mãe já foi lá pegar mais — repreendeu Mabel, sem paciência, sentada ao lado do garoto.

Desafiado pela prima, Bruninho fez um esforço e se levantou. Quando se esticou para alcançá-la, ela se afastou mais, então ele se desequilibrou e caiu. Camila, que estava numa fase terrível da infância, saiu gargalhando e correndo pela casa, sabendo que o primo não poderia ir atrás dela.

Bruno se arrastou até a cadeira de rodas, e Mabel o ajudou a se sentar. Parada na entrada do apartamento, Camila ria e provocava o menino.

— Vem, vamos terminar de ver o filme. Deixa ela pra lá. Minha mãe já tá vindo com sanduíche pra um batalhão. Tá tudo bem, Bruninho? — Mabel perguntou.

O menino fez um sinal afirmativo com a cabeça, e minha filha voltou a se sentar no sofá para tentar assistir televisão. Rodando sua cadeira com muita rapidez, Bruninho foi até Camila, que seguia debochando dele, agora comendo o pão. Eu estava voltando para a sala carregando o prato com mais sanduíches, quando vi os dois diante do grandioso vaso oriental da entrada do apartamento.

Corri para tirá-los de lá, mas o menino, tomado de muito ódio, atirou na direção da prima o cinzeiro de cristal da mesa de centro, que ele pegou quando ninguém estava olhando. Camila se abaixou, e o objeto acertou em cheio o vaso valioso, que explodiu em cacos. Um deles me cortou a testa.

O chão era uma confusão de pedaços de dragões, flores folheadas a ouro, queijo, presunto e pão. De um lado, Bruninho, todo vermelho de raiva, gritava com dificuldade: "Su-a no-jenta! No-jenta! Eu te o-deio!". Do outro lado, Camila ria e movia os lábios, mas sem emitir som: "Maluco! Doente, aleijado, maluco!".

Mais uma vez os adultos vieram correndo. D. Helena encontrou Bruninho transtornado e ficou tentando acalmá-lo. Camila dizia que não entendia por que ele tinha se irritado tanto. Ela era a face da inocência. Eu, depois do susto, corri para pegar uma vassoura na cozinha e tentar recolher aquela bagunça no chão. Mabel veio na minha direção.

— A Camila é muito ruim!

— Não fala isso, Mabel! Ela é criança, e criança apronta.

— Não é só isso, mãe... Não é só coisa de criança, mas não adianta, você não consegue ver.

E eu não conseguia mesmo.

Quarto de despejo

No depósito do edifício Golden Plate, levei o maior susto da minha vida. Ele representou o motivo da briga mais séria que tive com a minha filha, e foi ali também que aconteceu um importante ponto de virada para mim.

Era um quarto cheio de vassouras, pás, rodos, latas velhas de tinta, brinquedos quebrados e tranqueiras que ninguém queria. Por medo de que virasse um ninho de rato ou um foco de baratas e outros bichos, eu vivia enchendo a paciência do Jurandir para esvaziar aquele lugar que o edifício inteiro usava para despejar o que estava ocupando espaço em casa.

D. Lúcia estava me enlouquecendo atrás de uma jarra que fora da avó dela, então resolvi descer no depósito pra ver se não tinha ido parar por lá na última vez que ela encheu uma caixa de coisas para doar ou jogar no lixo. Abri a porta com cuidado e receio de algum bicho pular em mim, e o que saltou foi a imagem de Mabel agarrada a João Pedro.

Logo que entrei estava escuro e não consegui perceber quem eram aquelas pessoas. Quando a claridade entrou e a vista acostumou, demorei uns segundos para entender o que estava acontecendo ali. Foi como uma tempestade na minha cabeça. Mãe nenhuma está preparada para perceber dessa forma que a filha cresceu, mas Mabel ainda era muito jovem, mesmo. Os dois naquele quarto de coisas descartáveis, que ninguém queria...

Invadida por uma raiva muito grande, arranquei-a lá de dentro puxando pelo braço com força. Eu me senti traída, enganada... bateu um pânico. Naquele dia fui violenta com ela pela primeira vez, imaginando tudo o que tinha acontecido quando eu não estava por perto.

Um milhão de coisas passou pela minha cabeça. Ela poderia ficar malfalada no prédio; Jurandir poderia ter feito mau juízo dela; aquele garoto mais velho poderia estar se aproveitando da minha filha; Mabel poderia engravidar... e acabar se tornando outra Eunice.

João Pedro tinha algo que me lembrava tantos outros homens, e me agoniava ver que a história de tantas como nós podia se repetir com a minha filha. Ele ficou lá, tentando falar, pedindo calma, mas eu não queria ouvir nada. Puxei Mabel pelo braço e saí arrastando-a pela garagem até o elevador de serviço. Passei ventando pelo Jurandir, que deve ter perguntado o que estava acontecendo, mas segui reto e fui para o pátio porque não podia dar a bronca que eu queria na casa da patroa.

Levei Mabel para um canto afastado. Eu estava fora de mim. Levantei a mão para bater nela, que se encolheu toda.

Não tive coragem. Comecei a chorar. Uma mistura de raiva, decepção, medo.

— Desde quando isso, Mabel? Anda, fala!

Mabel também só sabia chorar. Eu estava a ponto de explodir, e dessa vez a encostei na parede de verdade. No canto de sombra do playground, deixei-a sem saída. Foi quando ela, chorando muito, contou tudo... ou quase.

— Não sou mais criança, mãe! Eu cresci, estou aqui na sua frente. Sabe por que a senhora acha que ainda sou um bebê? Porque só enxerga aquela menina chata! A senhora não viu quando fiquei menstruada pela primeira vez; não viu nada da minha escola; não viu nada da minha vida e não viu quando eu...

Foi no meio daquele choro desesperado que ela acabou me contando que o que eu mais temia tinha acontecido. Ela parecia ter tirado uma tonelada das costas, mas passou tudo para os meus ombros. Eu estava louca, numa mistura de raiva, desespero, ressentimento, mas quando esse peso desceu sobre mim o que senti não sei descrever.

Desabei naquele pátio que tinha sido palco para tantas brincadeiras e festas daquela gente rica. Chorei pela minha filha, ainda tão menina... pela minha mãe, que um dia esteve no lugar onde eu estava agora, e por mim, que um dia fui como a Mabel, uma garota que se achava muito adulta. Por que esquecemos tão rápido que já fomos jovens? Ficamos eu e ela em silêncio por alguns minutos que pareceram uma eternidade.

Ela me disse que perdeu o bebê, e aquelas palavras me levaram a um passado que eu pensava estar soterrado. Viajei direto para a minha adolescência, quando também perdi um filho ou uma filha. Meu coração apertou ainda mais. Eu sabia que ela não tinha condições de ter uma criança, porque ela mesma era uma. Mas... era meu neto ou neta. Levantei e enxuguei o rosto no avental. Eu estava magoada por todas as mentiras, e algo me dizia que tinha mais coisa naquela história, mas Mabel é minha filha e não existe nada mais importante que ela em toda a minha vida.

Foi um abraço duro no começo, mas não deixamos de cumprir a promessa de jamais dormir sem tentar resolver nossos problemas. Ainda não conseguia acreditar que tudo aquilo tinha acontecido, mas partimos para a casa do Jurandir. Era chegada a hora de acertar muitas coisas, e por lá alguém também seria emparedado.

Salinha

A porta estava entreaberta. Eles nem nos viram quando entramos devagar. Jurandir, de costas para a entrada, estava aos berros encostando Cacau na parede como eu tinha feito com Mabel, só que da forma bruta como os homens fazem. João tentava falar, mas Jurandir não escutava ninguém.

— Só pode ter sido tu que fizeste alguma coisa, Cacau! Anda, fala! Tu e a menina de Eunice são unha e carne. Não me bastava um filho encrenqueiro no prédio. Meu Deus, será que nunca vou ter paz?

Quando nos viu, João levantou a voz.

— Você só tem um filho encrenqueiro, seu Jurandir. E esse cara sou eu.

Jurandir, meio confuso, virou-se e nos encarou. Eu não tinha condições de falar nada, e Mabel, a princípio escondida atrás de mim, se encheu de coragem e foi para perto de João. Era uma salinha acanhada, como todos os cômodos destinados a nós no Golden Plate. Fazia muito calor, e estávamos todos apertados, suados e incomodados.

Mabel tomou a frente e começou a falar com uma voz sumida. João pegou uma das mãos dela, e Cacau, a outra. Ela foi tomando coragem e repetiu para o Jurandir o que tinha me contado minutos antes.

— Tudo o que eu queria era que meu pai tomasse conta de mim assim, como o senhor faz com os garotos — disse, soltando as mãos dos meninos e segurando a do Jurandir.

Jura desmontou todo, e a gente também. Pedi a ele que fizesse como nós, que nunca mais fosse dormir sem resolver as coisas com os filhos. Ele coçou a testa, olhou para o teto, para um lado, para o outro...

— Eu te perdoo, pai... por ter achado que eu era o otário do João! — Cacau falou, tomando a iniciativa. E então correu pra abraçar o pai.

João esboçou um sorriso, e Jurandir o puxou para perto. O menino pediu desculpas a mim, ao pai e ao irmão, mas ainda faltava desculpar a si mesmo. Não por causa da Mabel, mas por uma vida à deriva, sem olhar com respeito para os que se importavam com ele. Isso, acho, só viria muito mais tarde. Ainda havia um longo caminho, que ele tinha começado a percorrer naquela tarde.

Peguei Mabel pela mão e fechamos a porta, deixando os três sozinhos. Eu estava sentindo um cansaço enorme. Não haviam se passado nem duas horas desde o momento em que vira os dois no depósito, mas para mim pareceram meses, anos. Tive que fechar os olhos e respirar fundo antes de voltar para a cobertura.

Quando abri a porta que dava nos elevadores, levei um

baita susto: Dadá, com seu sorriso bobo, me estendia uma jarra pequena muito bonita, de vidro azul-escuro e com enfeites em prata. Era a louça que d. Lúcia procurava, a herança da avó de Camilinha. Ela se sentou no primeiro degrau da escada e abraçou a bonequinha que não largava, acarinhando seus cabelos e repetindo: "Mãezinha, mãezinha, mãezinha...".

Área de serviço

Aquela tarde de revelações acabou deixando no depósito do Golden Plate muita tranqueira que estava pesando em nossa vida. Mabel parecia outra pessoa depois de ter finalmente me contado o que havia acontecido entre ela e João Pedro, mas aquela sensação de que ainda faltava alguma coisa não me abandonava. Bem, o tempo sempre se encarrega de não deixar que as coisas sejam sepultadas para a eternidade. Uma hora ou outra eu saberia o que era, e o que me interessava naquele momento era que eu e ela estávamos mais leves.

Livre de pressões nada comuns para a sua idade, Mabel mergulhou nos estudos de uma forma que chegou até a me assustar. Foi nessa época que ela começou a ler muito também. Ela e Cacau já não brincavam durante as tardes diárias de estudo. Comprei mais um ventilador e dei um jeito de colocar uma mesinha dobrável na entrada do quartinho, perto da máquina de lavar. Não queria os dois à vista de d.

Lúcia, seu Tiago, Camila... Se ficassem na mesa da copa, a qualquer momento os donos da casa podiam aparecer, e eu sentia que, de alguma forma, ver os dois estudando incomodava os três. Camilinha estudava à tarde, então era perfeito. Pela manhã, Mabel e Cacau estavam na escola, e quando chegavam a menina saía. Não queria dar mais preocupações para Jurandir, que ainda estava abalado com o que acontecera entre Mabel e João, deixando que ela fosse todo dia para a casa deles. Então, depois do almoço, Cacau subia, como sempre, e eles ficavam quietinhos estudando. Faziam alguns intervalos pequenos para tomar um lanche, descansar um pouco vendo alguma coisa na televisão do quartinho ou conversar baixo. D. Lúcia nem se dava conta de que existia mais alguém além de mim na casa.

Hoje fico com pena do sacrifício que era se tornar invisível. Além dos espaços apertados que ocupávamos, o silêncio era um companheiro. Era preciso estar presente sem estar. Uma boa serviçal é silenciosa, e a criança que é a filha dessa mulher também deve ser. Ela não pode rir como uma criança, não pode pular ou fazer travessuras como uma criança. Ela não é uma criança. É um incômodo, alguém apenas tolerado... Era como dizia num dos livros de uma escritora chamada Conceição Evaristo, que Mabel passou a devorar e de vez em quando lia pra mim: "Em boca fechada não entra mosquito, mas não cabem risos e sorrisos".

No final eles já estavam acostumados. Já tinham o "dom da invisibilidade". Já sabiam como estar sem deixar ninguém se aperceber de que estavam. Quando havia muita gente em casa ou se Camila não tinha aula, eles desciam e estudavam numa das mesinhas do pátio. Os dois passaram quase dois anos nessa rotina quase diária de estudo pesado, só interrompida quando íamos para casa, nos fins de semana.

Nem sei se podia chamar mais aquele lugar de minha casa. Mamãe ficava lá, coitadinha, sob o olhar de uma vizinha que me ligava sempre para dar notícias e dizer se faltava alguma coisa. Naquele dia ela ligou. Mamãe não estava nada bem. Havia dois dias que não saía da cama e estava com um fio de voz.

Eu e Mabel ficamos tão aflitas para ir para casa que me vi obrigada a ter uma discussão séria com a patroa.

— Eunice, não! Você está em pleno expediente e temos muita coisa pra fazer esta semana... faltam poucos dias pra sua folga.

— D. Lúcia, preciso ir *agora*. É minha mãe!

Sugeri a ela que chamasse uma folguista, porque eu ia precisar ficar a semana inteira fora. D. Lúcia tentou me convencer de todo jeito a adiar, mas, mesmo com muito medo de perder o trabalho que garantia o sustento da minha velhinha, respirei fundo e falei a ela o que precisava.

— A senhora pode me demitir se achar que deve...

Ela não esperava que eu resistisse. Resmungou, fez cara feia, mas me liberou. Arrumamos nossas coisas e saímos pela área de serviço, batendo a porta dos fundos.

Capela

Nós duas saímos voando do prédio e corremos pelas calçadas até o ponto de ônibus. Para chegar na nossa casa, a gente fazia uma baldeação. Sempre achei isso muito chato, porque geralmente interrompia o soninho de Mabel no balanço do ônibus, mas nesse dia estávamos tão aflitas que saímos num passo apressado para pegar a outra condução o mais rápido que pudéssemos. Foi aí que Mabel estancou no meio da correria e ficou olhando para baixo de um viaduto, me deixando nervosa, impaciente, irritada.

— Espera aí, mãe!

— Espera o quê, garota? Tua avó precisa da gente! Pelo amor de Deus, vamos perder o... — gritei enquanto dava meia-volta.

Havia muitos buracos embaixo daquela ponte. Pareciam tocas de algum bicho, embora algumas delas fossem até ajeitadinhas. Uma das covas tinha uma cadeira, uma mesa improvisada e, sobre ela, uma garrafa com uma flor e latas com várias plantas. Dessa caverna estranha no meio da cidade saiu um homem carregando muitas sacolas plásticas e uma mochila.

— Papai...

— Sérgio!

Ele nos olhou com um misto de vergonha e tristeza. Não tínhamos tempo. Estávamos numa pressa louca, numa agonia tremenda. O medo de chegar em casa e encontrar mamãe sem vida ou inconsciente tinha me deixado com um nó na garganta, mas ver Sérgio ali naquela situação me abalou profundamente.

— Mabel, minha filha. Eunice... parece que foi Deus que trouxe vocês aqui. Digo isso porque é a chance de eu me despedir.

— Por que você tá aí, Sérgio? O que aconteceu com você, homem?

— Não é o que aconteceu... é o que *não* aconteceu. E não aconteceu um monte de coisas...

No fundo, eu sabia. O Sérgio tinha um vazio de futuro que sempre o perseguira. Mabel correu para abraçar o pai.

— Minha filhinha... Olha, vou pra longe, pra terra dos meus pais, dos seus avós. Aqui mergulhei no desespero, fiquei nessa toca feito rato. Sabe... é até engraçado, porque toda vez que eu entro nessa caverna na ponte tenho que me curvar. É como se estivesse sempre numa igreja rezando.

Olhei mais uma vez para aquele cenário. Quantas vezes passei ali no caminho até a casa da minha mãe e na volta de lá, ou quando ia levar a menina Camila a algum lugar. Quantas vezes passei e nunca vi. Nunca...

— Fiz uns trampos por aí e consegui um dinheirinho

pra viagem. Vou te escrever, Mabel, e um dia você vai lá me ver. Aqui eu só atrapalho. E Eunice... quando você puder, me perdoe. — Ele me olhou como nos primeiros tempos, quando nos conhecemos na igreja.

Não sabia se um dia conseguiria, se chegaria a entender o que tinha acontecido com a gente. Não sabia o que sentia por aquele homem que tinha me dado uma filha, mas que eu não conhecia por completo. Minha cabeça fervilhava. Aquele encontro quebrou ainda mais meu coração.

Sérgio pegou suas sacolas, gritou para o vizinho de buraco que ele poderia ocupar seu espaço na ponte, deu um beijo em Mabel, acenou pra mim e partiu. Seguimos, eu e Mabel, na direção oposta, em silêncio e de mãos dadas ao longo de todo o caminho para casa, sob um céu meio nublado, que parecia espelho do que ia dentro de nós.

Quando viramos a esquina de casa, Mabel avistou, alta e carregada, a goiabeira que tinha plantado com o pai ainda pequena. Ela estancou. Não conseguia dar um passo, e eu não forcei para que andasse. Muita coisa tinha acontecido em pouco tempo, e era preciso pegar fôlego.

Com certo medo, fomos nos aproximando devagar do portão, conduzidas pelo cheiro crescente das frutas e flores que viviam em nosso pedaço de chão tão reduzido. Cada uma contava uma história. O limoeiro tinha vindo de uma muda que a mãe da vizinha nos dera. A goiabeira, as suculentas, a roseira, as margaridas e as outras flores haviam sido plantadas pelo Sérgio, ao lado de uma espada-de-são--jorge e um pé de mamona que simplesmente apareceram ali. Mamãe cultivava pinhão-roxo, vence-demanda, arruda e um monte de outras plantas num canteiro que muita gente acharia inacreditável. Lá, cada coisa tinha utilidade para alguma cura.

Para nossa surpresa, mamãe estava bem, sentadinha num banco de cimento que fizemos só para ela, em frente ao seu pequeno santuário no canto do quintal. A vegetação e a casinha que havíamos construído para proteger as imagens deixavam aquele lugar bem aconchegante.

Ali, voltei no tempo. Parecia que estava vendo Mabel pequena brincando perto da capela de d. Codinha: "Capelinha de melão, é de são João/ É de cravo, é de rosa, é de manjericão". Quase conseguia ouvir sua voz de menina inventando mundos mágicos no chão de terra e cascalhos do quintal.

Ao lado de mamãe estava seu andador, comprado de segunda mão, e sobre seus ombros, o xale de crochê, que devia ser mais velho que eu. Ao seu redor, algumas imagens de índios, outras de pretos e pretas velhas, vários tocos de velas derretidos e outros acesos.

O tempo meio escuro ameaçando chuva deixava ainda mais brilhantes as luzes das velas, que projetavam as imagens em sombras grandes na parede. Ela estava de olhos fechados, tão concentrada em suas orações que chegamos pisando devagar para não atrapalhar. Já íamos quase entrando em casa quando ela chamou.

— Mabel, vem aqui.

Deixei que ela fosse sozinha.

— Você também, Eunice.

Com a cabeça já completamente branca, o rosto muito vincado, as mãos ressecadas e calosas, com os nós dos dedos bem protuberantes, e a coluna vergada, mamãe aparentava ter uns cento e vinte anos. Alguns dentes lhe faltavam, e isso deixava seu rosto ainda mais murcho. Apenas uma coisa nela permanecia tremendamente viva e brilhante: os olhos. E nesse dia eles giravam de um lado para outro, numa aflição tremenda.

Nos sentamos, com ela no meio de nós, e ficamos as três admirando as imagens por uns minutos.

— Mabel, no dia que você entrar naquela faculdade, vai esquecer que lhe ensinei a curar dor de cabeça com chá de folha de louro e casca de cebola? — questionou d. Codinha.

— E que leite de inhame cura dor de estômago? — perguntei.

— E que chá de quebra-pedra faz bem pros rins e cidreira acalma. Não tem nada que me tire essas certezas, d. Codinha — Mabel respondeu.

Ela respirou mais aliviada, e então se voltou para mim.

— E você, Eunice, não acha que tá na hora de cuidar da sua vida?

Engoli em seco. Entendi o que ela queria dizer, mas... o que eu faria? Não estudei, achava que não era capaz de nada e não tinha a boa aparência que as empresas pediam. Não tinha ido à escola como a Mabel.

— Mamãe, eu... Sim, a senhora tá certa.

— Então não perde tempo, minha filha... Vá, você consegue. Sua filha pode lhe ensinar tanta coisa... Aproveite enquanto ainda tem todos os dentes.

Rimos com gosto, e ela abriu um sorriso paciente, doce, calmo. Seus olhos, que dispensavam óculos mesmo naquela idade e já tinham visto milhões de coisas, graúdas e miúdas, voltaram a irradiar juventude, como se estivesse fazendo alguma travessura. Tomamos uma sopa de legumes antes de dormirmos abraçadas, envoltas na colcha de retalhos que tínhamos feito juntas anos atrás, ensinando Mabel a costurar fuxicos. Mas de manhã não teve o café com aipim cozido e manteiga de sempre.

D. Codinha não amanheceu conosco. Acordou em algum lugar bem longe de sua capelinha no canto do nosso quintal.

Porta de entrada

Morrer é muito caro. Enterramos mamãe e com ela todas as nossas economias. Eu estava determinada a cumprir a promessa que fizera a ela de finalmente cuidar da minha vida. Isso significava mais que deixar de trabalhar em casa de família: eu precisava deixar de abrir mão de mim mesma para servir a outra pessoa. Eu precisava deixar aquele trabalho, só que ele também precisava sair de dentro de mim. Mas naquele momento, sem dinheiro? Nem uma coisa nem outra.

Quando voltamos ao Golden Plate, pela primeira vez reparei nas tantas bandeiras do Brasil que estavam nas janelas. Será que sempre tinham estado ali? Entramos no edifício e voltamos à nossa rotina, naqueles anos que seguiam quase iguais: nada mudava entre os que serviam e os que eram servidos.

Até que finalmente chegou o dia em que Cacau e Mabel prestariam o vestibular. Eu estava muito nervosa. Preparei tudo para que os dois tivessem tranquilidade para o exame no dia seguinte, e foi justamente naquele sábado que Camilinha, que nunca foi de dar festas em casa, resolveu chamar toda a turma da escola para o apartamento. Ela já era uma adolescente, cada dia mais cheia de vontades. Mesmo que quisessem, d. Lúcia e seu Tiago não tinham o menor controle sobre ela — e, bom, eles nem queriam. Eles não queriam que existisse paz para que Mabel fizesse uma boa prova. Hoje consigo ver. A bagunça era de propósito.

Os jovens foram chegando, cada um trazendo uma bebida e uma comida, e o terraço da piscina se encheu rápido. Eu e Mabel estávamos completamente desesperadas, porque quando a noite caiu a festa estava no auge e não dava o menor sinal de acabar.

— Eu te disse que essa garota é o diabo!

— Não fala isso, minha filha... — eu disse, me benzendo. — Ela não fez de propósito. Não está nem lembrando que tua prova é amanhã.

Estávamos aos gritos, porque o som não deixava ninguém falar com um volume normal de voz.

— Eu não acredito que você ainda defende tanto essa menina...

— Não estou defendendo ninguém porque não tem tribunal nenhum aqui, Mabel.

— Tem, sim! Só você não enxerga. Vovó tinha toda a razão... Olha, um dia vou sair dessa casa dizendo a eles tudo o que eu penso!

— E o que é que você pensa, Mabel?

Mabel estava com muita raiva. Eu só queria que ela se acalmasse, mas como, com aquele som nas alturas?

— E vou sair pela porta da frente!

Breu. Os jovens na festa vaiaram. A luz do edifício acabou e, com ela, a farra de Camila. D. Lúcia não teve outro jeito a não ser despachar os garotos e as garotas para suas casas. Eu e seu Tiago acompanhamos uma procissão que desceu as escadas até a portaria, com velas e as luzes dos celulares. Dez andares.

Na entrada do prédio, Jurandir e um eletricista de urgência olhavam as instalações elétricas, pois os outros imóveis da rua estavam com luz. Um desfile de carros foi parando na rua e pegando a garotada. Por fim, seu Tiago e eu nos preparamos para enfrentar a subida pesada de volta quando Jurandir me chamou dizendo que precisava entregar uma apostila da Mabel que tinha ficado com Cacau.

Seu Tiago suspirou na beira da escada, olhou para cima e começou a escalada até a cobertura. Jurandir continuou olhando o quadro de luz com o eletricista por mais um tempo.

— Pronto, Marcolino. O homem já deve estar quase lá no décimo andar. Já podes ligar.

A luz voltou como mágica. Olhei para ele sem entender nada.

— Ora, ora! E eu ia lá deixar esses bacanas estragarem a prova dos meninos justo agora? Pode pegar o elevador, Eunice. Ô Marcolino, valeu, meu camarada! Dia desses te pago um curso de eletricista.

Rompemos os três numa gargalhada. João Pedro, no fundo, tinha bem a quem puxar.

Eu sentia que estava chegando a hora. Era como se um relógio estivesse ligado na minha cabeça com o seu tique-taque. Uma bomba, na verdade. Passei anos de nossa vida pondo panos quentes e tentando equilibrar a situação entre Mabel e Camila, mas eu era apenas a empregada. D. Lúcia dizia para todo mundo que eu era parte da família e por um tempo cheguei quase a acreditar nisso. Achava mais fácil e menos doloroso acreditar... Acontece que Mabel era de outra geração. Engraçado, Mabel estava em outra época, mas ao mesmo tempo eu sentia minha filha como uma versão atualizada da avó. As duas estavam de mãos dadas nas extremidades, com as mãos entrelaçadas por cima de mim.

A bomba explodiu quando veio o resultado do vestibular. Jurandir não aguentou de felicidade. Bateu na porta da cozinha com o Cacau ao lado, os dois pulando abraçados de alegria. Perguntaram pelo resultado da Mabel, que saiu do quarto séria. Olhamos para ela preocupados e morrendo de ansiedade.

— Diga logo, garota! E aí? — Jurandir estava impaciente.

Ela abriu um sorriso enorme e nos abraçamos, sentindo uma felicidade que nunca experimentamos antes. Tudo ali, entre a porta da cozinha, o corredor do prédio e a área de serviço. Eu teria uma filha médica! Meu Deus! Isso era demais para o meu coração. Jurandir e Cacau desceram, mas antes combinamos que iríamos comemorar de alguma forma. Um forró! Pronto. Estava combinado que iríamos os quatro dançar em um bar conhecido, onde tocava uma banda que eu e Jurandir gostávamos muito. Cacau e Mabel tentaram mudar a programação para um lugar desses da moda, mas eles nem eram bestas de tirar essa felicidade da gente. Estava tudo acertado e todo mundo sorria.

Fechamos a porta e nos abraçamos. Eu estava com um sentimento muito grande de dever cumprido. Não sabia que existia lágrima de pura alegria. Lembramos de mamãe, que devia estar comemorando com os santinhos do seu altar, mas agora lá perto deles.

— Parabéns, Mabel! Você se esforçou muito... mereceu. Estou muito feliz pela sua conquista, de verdade...

A voz de d. Lúcia cortou aquele momento de intimidade. Mabel agradeceu timidamente e me olhou meio de banda, sem saber se aceitava ou não o abraço que a patroa agora abria para ela. Eu não disse nada. Ela decidiu abraçar aquela mulher que, mesmo sendo Mabel já crescida, ainda era bem alta comparada a ela.

— Eu sabia que você era muito jovem para interromper a vida daquela forma. Agora, vejam só, vai ser médica!

Mabel olhou apavorada para d. Lúcia. E eu fiquei com uma grande interrogação no rosto.

— Prepare-se porque mesmo numa universidade pública esse é um dos cursos mais caros do país... se não for o mais caro! Querida, outra vez, parabéns! — Ela bebeu um gole d'água fingindo não estar nos observando em nosso silêncio cheio de olhares.

Eu era muito ingênua ainda com relação à família de d. Lúcia, mas uma coisa eu tinha aprendido àquela altura da vida: nunca daria a pessoas como eles o gosto de me ver brigando com a minha única filha. Esperei minha patroa sair e, como se nada tivesse acontecido, passei a preparar o almoço. Eu não queria que nada estragasse nossa noite com

Jurandir e Cacau. No fundo eu sabia que Mabel estava me escondendo algo com potencial de azedar nossa relação para sempre.

Depois daquele momento de tensão que poderia ter estilhaçado nosso contentamento, as horas passaram, nos aprontamos com nossos vestidos mais bonitos para encontrar Jurandir e Cacau na portaria. Eu já estava abrindo a porta da área de serviço, mas Mabel estancou.

— Não, mamãe. Hoje não — disse ela, dando meia-volta e se encaminhando para a sala.

Fui atrás, aflita, num passo corrido. Na mesa de jantar estavam d. Lúcia, seu Tiago e Camila comendo a refeição que passei a tarde preparando. Os três nos olharam surpreendidos.

— D. Lúcia, agradeço o seu apoio, mas eu não lhe devo nada, não. Entendi o que a senhora fez no passado. Eu não tinha como... mas também entendi o que senhora tentou fazer hoje mais cedo. Nada vai apagar nossa felicidade. Nada.

Os três e eu nos entreolhamos assustados, sem saber como reagir ao impulso da Mabel.

— Seu Tiago, lembra que o senhor riu debochado achando que eu nunca conseguiria passar no curso de medicina? Muito obrigada por me fazer lembrar desse sorriso todos os dias em que eu me sentava com o Cacau pra estudar em silêncio lá nos fundos, para não atrapalhar vocês, os donos deste palacete...

A família estava imóvel. Foi pega totalmente de surpresa pelo rancor de Mabel e, de alguma maneira, eu também.

— E você, Camila... é uma menina bonita, muito inteligente. O dia em que conseguir pensar em alguma coisa que não seja você mesma, pode se tornar uma grande mulher.

— Mas o que é isso, Mabel, nós... — seu Tiago tentou falar alguma coisa, mas Mabel não deixou.

— E olhem, minha mãe não tem nada com isso. Ela está aqui tão admirada quanto vocês. Tudo o que estou falando é opinião minha. Vou sair por aquela porta da frente e espero nunca mais ter que voltar aqui para encarar nenhum de vocês.

Mabel saiu feito um furacão. Fui correndo atrás dela, atravessando o vestíbulo onde um novo vaso raro ocupava o nicho na parede que um dia fora do vaso oriental. Batemos a porta da frente. Minha filha estava quase livre, pois ela ainda voltaria ao Golden Plate por mais uma única e decisiva vez.

Chão

— Mabel, o que foi aquilo? O que você ainda não me contou?

— Vou contar, d. Eunice, vou contar… mas não agora. Não se preocupe. Eu não queria falar nada antes do resultado do vestibular, mas agora já tá tudo certo. Vamos conversar. Ao menos uma vez na vida, confia em mim. Hoje é dia de diversão!

Eu estava um pouco tonta com o atrevimento da minha filha e aquele mistério todo envolvendo a d. Lúcia. Mabel me deu um beijo no rosto e abriu a porta do elevador rindo com leveza. Jurandir e Cacau nos esperavam cheirosos e arrumados na portaria. Marciano era quem estava ocupando a cadeira de palhinha.

— Eita, que tá todo mundo lindo hoje! Parabéns, Mabel! Valeu, Cacau! O Golde Pleite tá em festa.

— O que foi, Nicinha? Vamos? — Jurandir me deu o

braço e saímos os quatro como se fôssemos moradores daquele prédio chique.

"Forró do Lalau" era o que estava escrito na porta, mas não tocava só forró. Tinha de tudo um pouco no começo, mas terminava sempre com forró dos melhores. Nunca passava da meia-noite, a cerveja era a mais gelada da região e eles serviam umas delícias que só encontrávamos ali. Ficava um pouco longe do bairro elegante do Golden Plate, mas valia a pena e era dia de festa. Procurei esquecer tudo por um momento. Brindamos, rimos, dançamos.

Jurandir tirou Mabel para dançar com toda a cerimônia, e Cacau fez o mesmo comigo. Depois, quando o grupo tocou uma música que adoro, trocamos os pares.

"Debaixo do barro do chão da pista onde se dança/ Suspira uma sustança sustentada por um sopro divino..."

Ele colou o rosto e o corpo no meu.

— Chegou a hora, d. Eunice.

— Vocês hoje estão cheios de mistérios. Não é possível... hora de quê?

O grupo abaixou o volume, mas continuou tocando. Todo mundo parou e nos deixou no meio da roda. Jurandir se ajoelhou, tirou um anel do bolso e pôs no meu dedo. Nem perguntou se eu aceitava!

— Vamos aplaudir os noivos, minha gente!

O povo explodiu em aplauso e o sanfoneiro atacou com força.

"De onde é que vem o baião?/ Vem debaixo do barro do chão!"

A noite começou meio esquisita, mas estava terminando linda como eu jamais havia pensado. Não tinha motivo para continuar recusando os pedidos de casamento do Jurandir. Também não tinha como eu continuar fingindo que a vida não estava mudando. Acho que às vezes a gente está numa situação ruim, mas se acostuma com ela e não quer sair porque é ruim, mas é conhecido. Era assim que eu me sentia trabalhando na casa de d. Lúcia.

Mabel já estava com tudo acertado. Tinha até conseguido um emprego num restaurante da moda. Estudaria durante o dia na universidade, iria pra casa no fim da tarde descansar um pouco, pegaria depois no restaurante, sairia de madrugada, descansaria um pouco antes de voltar pra faculdade. O restaurante abria de quarta a domingo, ou seja, ela teria segunda e terça para descansar, estudar... Puxado, mas ela era jovem e estava muito determinada.

— Onde vou morar? Na nossa casa, ora! Não tem viagem de trem que seja mais incômoda que aquele quartinho da d. Lúcia e aquela "geladeira da empregada". Aliás, hoje durmo no Cacau e amanhã vou pra casa. Chega. Eu te disse que não entro mais naquele apartamento...

Ela podia se dar ao luxo de não querer, mas... e eu?

— Mabel, já comemoramos, dançamos, brindamos... agora você vai me contar o que está me escondendo.

— Amanhã, d. Eunice, amanhã... — E entrou com Cacau para o apartamento do porteiro.

O que seria tão sério para ela estar fugindo daquela forma do assunto? Tentei, mais uma vez, me encher de paciência.

— Olho vivo nesses dois, Jurandir...

— Deixe de bestagens, Eunice. São grandes. Mabel já passou por um susto enorme, acabou de entrar na universidade que ela queria... vai dar os passos agora de forma mais pensada.

— Ela está me escondendo alguma coisa grave...

— Seja o que for, tens que pensar que o amor por tua filha vem na frente.

Jurandir me beijou como havia muito tempo ninguém me beijava. Ele me acariciou o corpo e disse algo que me fez chorar: "Eu te amo, Nicinha". Pensei que nunca mais ouviria alguém me dizer isso. Senti uma energia que vinha de debaixo do barro do chão. Não da pista onde se dança, mas daquela que moldava nosso coração.

Foi o combustível mais importante para que eu finalmente tivesse coragem de ouvir o conselho de mamãe antes de morrer: "E você, Eunice, não acha que está na hora de cuidar de sua vida?".

Criada-muda

Já era madrugada, então entrei com muito cuidado para não acordar a casa. Fui para o quartinho, acendi a luz e tranquei a porta. Olhei em volta e, soltando um suspiro profundo, comecei a guardar minhas coisas e as de Mabel nas bagagens. Quantos anos dormimos ali? Uma vida.

Na mesinha de cabeceira, meus santinhos. Lembrei da vez em que perguntei a Cacau se certa história que tinham me contado era verdadeira. Eu disse a ele que tinha ouvido falar que chamavam a mesinha ao lado da cama de "criado-mudo" porque antigamente quem ficava ao lado da cama dos senhores era uma pessoa escravizada, que precisava ficar ali, calada e à mão para qualquer necessidade de seus "donos". Cacau era estudioso e foi pesquisar pra mim. Ele disse que não chamavam a mesinha de criado-mudo no tempo da escravidão, mas fiquei pensando que, independentemente de quando deram o nome para o móvel, com certeza foi pensando nos empregados e nas empregadas que inventaram esse "criado-mudo". Eu, de certa forma, fui criada-muda. Não seria mais.

Estava tão imersa nesses pensamentos enquanto arrumava as coisas que não vi o dia raiar. A manhã me encontrou pronta para ir embora, sentada na cama, com o uniforme esticado na cama, limpo e passado para outra pessoa usar. Ouvi passos na cozinha e pensei: *Chegou a hora.*

D. Lúcia estava com olhos cansados, como se não tivesse dormido. Só então percebi como tinha envelhecido desde o primeiro dia em que nos vimos.

— Já vai...? — ela perguntou com voz cansada.

— E não volto — respondi.

— Já imaginava, depois do showzinho que a sua filha deu ontem. É sempre assim com gente como vocês. Uma hora não adianta, a ingratidão chega...

— Como é, d. Lúcia?

Ela então pareceu despertar. Começou a falar de todo o bem que nos tinha feito, de toda a generosidade de sua família em nos acolher, num discurso que não acabava mais.

— D. Lúcia... não quero discutir com a senhora. Eu era sua empregada. A senhora não me fez "caridade". Só quero minhas contas, como qualquer pessoa que decide sair do emprego.

— Vou dar suas contas, sim. E vou dar isso aqui também!

Ela atirou em cima da mesa da cozinha uma caixa de um remédio para problemas de estômago, mas que eu sabia perfeitamente para o que as meninas tomavam. Meu peito começou a arfar e senti tontura, mas não daria a ela o gosto de me ver chorar. Pus meu terço no pescoço e peguei minhas malas.

Ela não tem ideia até hoje se eu já sabia que ela tinha ajudado Mabel a tirar a criança. Essa foi uma verdade que foi chegando aos poucos para mim, e aquela caixa atirada por ela era a peça que faltava no quebra-cabeça. Lamento muito que não tenha sido minha filha a me contar a história completa. Lamento, mas hoje entendo o que não tinha como compreender na época.

Saí do apartamento com a cabeça rodando. Toda a revolta daquele dia no depósito em que peguei Mabel e João Pedro voltou triplicada. No corredor, com as malas no chão, eu não apertava o botão do elevador, eu esmurrava. Quando cheguei ao térreo, Mabel estava me esperando. Eu não conseguia encarar minha filha, então ela percebeu que eu já sabia.

Deixamos uma parte das coisas com o Jurandir para pegar depois. Ficamos ali nos ajeitando com as sacolas para caminhar até o ponto de ônibus. Eu, muda, me esforçando para não detonar a granada que estava no meu peito. Peguei o pulso direito dela, abri sua mão e pus no meio da palma a caixa velha de remédios.

Tentei, mas não ia aguentar ficar calada até chegar em casa. Larguei tudo e comecei um "Mabel, olha só...", mas fui interrompida por uma sirene de polícia. Depois de interfonar para a síndica, Jurandir passou correndo e apertou o botão para abrir o portão para vários agentes que estavam na calçada querendo entrar. Eles subiram a escada até a portaria e encontraram com a síndica, que saía do elevador.

— Pois não... Posso ajudar?

— Quem é Imaculada Beira Alta?

— Eu mesma...

O policial levantou um mandado de busca na casa da síndica. Ela começou a falar alto. Gritava que aquilo era um absurdo, uma arbitrariedade, que não estávamos mais na ditadura, e mandou Jurandir pedir ao general Mingau que fosse até seu apartamento com urgência.

O sr. Feitosa andava adoentado e sumido, mas entendeu o chamado como uma oportunidade para mostrar que ainda "mandava prender e soltar". O prédio virou um tumulto com a presença dos policiais, do general em sua cadeira de rodas, ostentando títulos e tentando impor o respeito que achava que lhe deviam, e dos curiosos que saíam de suas casas para saber o que estava acontecendo.

— É... Uma hora os criados deixam de ser mudos.

Ouvimos, no meio de todo o buchicho, a voz de outro personagem que andava desaparecido e surgira como fantasma ao nosso lado: João Pedro. Ele e Cacau tinham feito uma denúncia anônima acusando d. Imaculada de manter Dadá em cárcere privado, em condições similares à escravidão, por mais de vinte anos.

Dadá, depois a gente soube, foi mais um motivo de briga entre João, Jurandir e, dessa vez, também Cacau. João tinha passado a prestar mais atenção nela depois do drama entre ele e Mabel. Ele parecia ter ficado velho antes mesmo de completar dezoito anos. A paternidade abortada, em vez de dar a ele a sensação de alívio, parecia ter jogado ácido numa amargura que já estava lá dentro dele. Toda a rebeldia do João era a semente da sensação que ele carregava de que alguma coisa estava muito fora do lugar no Golden Plate — ou, talvez, no lugar demais.

João passara a vigiar d. Imaculada para saber mais sobre Dadá. Conversando sobre essas desconfianças com Cacau, pediu sua ajuda para, do jeito deles, investigar. Ele sabia que o irmão era querido pelos moradores, que o achavam o exemplo perfeito dos que se esforçam e conseguem.

Cacau encontrou a oportunidade perfeita num dia 27 de setembro. Era dia de são Cosme e Damião,e, embora os ricos não ligassem, mesmo naquele bairro metido a besta tinha gente distribuindo doces para as crianças que encontravam na rua. Dadá estava no parapeito do pátio, olhando na rua um carro que parou e distribuiu uns saquinhos para um grupo de crianças que logo fez uma fila na calçada. Cacau ia chegando no edifício e viu o rosto miúdo de Dadá lá em cima, cheio de vontade de entrar na farra.

— Toma, Dadá. Peguei pra você.

A felicidade dela foi tanta que ele, entre um saquinho de pipoca e outro, abrindo um embrulho de bala ou dando uma mordida num doce naquele piquenique improvisado, conseguiu saber o suficiente. Cacau e sua habilidade para arrancar dos outros o que não querem ou não podem dizer.

— Olha, come esse chocolate aqui. É bom de verdade! O carro estava bem aqui na frente, Dadá! Era só descer... — Cacau abriu aquele sorriso bonito dele.

— Deus me livre, mocinho! Mãezinha Imaculada é capaz de me bater com o chinelo...

— Bater...?

O menino então conversou com o irmão e decidiram fazer uma denúncia anônima. Pegando pedaços de conversas aqui e ali, Jurandir entendeu a encrenca e fez um de seus famosos sermões para convencer os dois a não se meterem na vida dos outros. Os dois se calaram e o assunto morreu. Jurandir achou que tinha conseguido convencer os filhos... até aquele dia.

O elevador estava travado no andar da síndica. Mabel e eu subimos as escadas quase correndo. Cheguei esbaforida, puxando o ar. Abrimos passagem no meio das pessoas que tentavam saber o que estava acontecendo. D. Imaculada e o general, com a cuidadora, Hilda, atrás de sua cadeira de rodas, tentavam argumentar com alguns policiais. Outros vasculhavam a casa. Sozinha, sentada a um canto, estava Dadá, assustadíssima. Quando nos viu, saiu correndo para abraçar Mabel.

— Vocês são parentes dela? — perguntou uma policial.

Soubemos que ela seria levada para uma instituição de apoio e que d. Imaculada estava encrencada de verdade.

— Por favor, ela está muito apavorada... Deixem que ela pegue suas costuras e algumas coisas. Sei que faz bonequinhas de pano. Podemos ajudar... — Mabel falou e concordei. Os policiais também viram que poderia ser bom para tranquilizá-la e deram permissão, depois que fotografaram tudo.

Entramos no quartinho de Dadá. Já no limite da área de serviço, me senti como se estivesse naqueles filmes em que o personagem atravessa uma porta, entra num armário ou coisa parecida e sai em outro lugar, outro tempo. Um colchão duro em um estrado, coberto por uma colcha de chenile lavada muitas vezes, paredes amareladas que não viam pintura havia décadas, o banheirinho com uma tábua quebrada no vaso sanitário, roupas dobradas em uma cadeira. O ambiente não era sujo porque Dadá era caprichosa com o pouco que tinha.

Várias bonequinhas costuradas por ela estavam recostadas na cama e sobre um armário baixo, onde também havia retalhos, linhas e agulhas. Aquelas bonecas eram bem-feitas e bonitinhas, mas me davam medo. Lembrei do Sérgio, pois sua toca embaixo do viaduto me parecia mais digna.

— Dadá, quantos anos você tem? — perguntei.

— Quarenta... acho.

— Está com d. Imaculada desde quando?

— Desde os dez.

Sim, era um filme, mas de terror.

Telefone

O recanto de mamãe no quintal passou a ser nosso lugar sempre que o assunto era sério. Ali, com a presença tão viva dela e do sagrado que ela amava, não teríamos coragem de deixar as palavras sem freio. Eu não podia aceitar que Mabel não tivesse me contado tudo o que tinha acontecido entre ela e João Pedro, e minhas crenças não deixavam que eu parasse de pensar que aquilo era crime. Falei de religião, de responsabilidade, de vida, de morte. Mabel escutou tudo calada.

— A Dadá tinha dez anos quando foi para a casa da d. Imaculada. Quantos anos eu tinha quando entrei pela primeira vez na casa da d. Lúcia? A senhora vai receber seu pagamento segunda-feira. Vai receber o meu também? Crime é não ter saída, mãe...

Agora eu é que estava contra a parede. Era verdade. Não enxerguei sua pouca idade, seu isolamento, suas dúvidas e seus desejos. Sei lá... Jurandir tinha me dito para colocar na frente de qualquer coisa o amor que sentia por ela. Tem horas que é muito difícil fazer isso, mesmo quando são nossos filhos, filhas, pais... não importa. É muito difícil derrubar tudo em que fomos ensinadas a acreditar.

Levei um tempo para conseguir digerir aquele passado escondido debaixo do meu nariz. O sentimento de traição, inclusive de d. Lúcia, era forte. Entendi que ela, apesar de ser minha filha, era outra pessoa.

Mabel começou firme na universidade, no trabalho no restaurante e num vaivém louco para equilibrar as contas e continuar estudando. Ela andava preocupada. O governo tinha mudado e os colegas na faculdade eram quase todos a favor dele. Mabel se preocupava porque sabia, tinha uma intuição, não sei... de que uma pessoa como ela precisava vestir o jaleco e atender, pois os colegas não faziam ideia de onde ficava o bairro onde a gente morava. Um dia chegou dizendo que tinha conseguido um bico, um trabalho extra para os dias de folga.

— O que foi? Minha bronca é com aquele tipo de trabalho doméstico lá do Golden Plate, mãe. Procurei uma agência e é um trabalho com hora, com função certinha. Sem essa de "família" dentro da família, de acúmulo de função. Tra-ba-lho como outro qualquer. E é temporário também, d. Eunice. Só pra juntar mais grana. Tenho que pagar cursos, material, livros... tudo uma fortuna. Sem isso não passo nas próximas provas! Tenho um objetivo e a senhora sabe qual é.

Impressionante como as leis tinham mudado. Quando saí da casa de d. Lúcia, foi uma luta conseguir o pagamento justo. Eu não tinha carteira assinada. O caso de Dadá foi o que ajudou, porque todo mundo no edifício ficou apavorado de ser denunciado e passar o aperto que d. Imaculada estava vivendo, pagando uma fortuna de advogado e com risco até de perder o apartamento.

— Ela tinha que ser presa, isso sim. Perder o apartamento não é nada para quem encarcerou uma pessoa por trinta anos, mãe!

Jurandir vinha me visitar nas folgas e disse que os moradores lá do prédio estavam tão preocupados que fizeram uma reunião para discutir a situação das empregadas. Jurandir também me trouxe uma novidade: Camilinha ia fazer um intercâmbio, e ficaria fora do país por um bom tempo.

Depois que saímos de lá, d. Lúcia não parou mais com empregada alguma. Cada uma tinha um problema diferente. O problema delas, pensava eu, era que nenhuma aguentava o que aguentei! Mas não adiantava, eu não conseguia deixar de ter carinho por Camila, e saber que aquele bebê que troquei as fraldas ia pra tão longe me emocionou. O telefone tocou.

— Ah... ahã... é, a vida segue. Tá tudo certo. Muito obrigada, d. Lúcia... sei... sábado? Tá bem... vou, sim. Diga a ela que vou, sim. Que Nossa Senhora abençoe e dê tudo certo... até lá.

D. Lúcia ligou para dar a notícia da viagem de Camila, que Jurandir já tinha trazido. Ela disse que vi a menina crescer e que ela fazia questão da minha presença na despedida. Falou também que tudo tinha ficado no passado e que estava com uma nova empregada, que não sabia fazer a feijoada que Camila tanto gostava. Então, ela estava me chamando para cozinhar no encontro que a filha faria com as amigas... E me pediu para aproveitar a oportunidade e já ensinar a moça a preparar o prato. Me pagaria pelo dia.

Jurandir protestou. Ele dizia que estava apenas esperando a aposentadoria, que estava muito perto, para sair do Golden Plate. A próxima festa de casamento seria a nossa, e ele não queria que eu voltasse ao edifício de jeito nenhum. Mabel também reclamou, falando que não entendia por que eu ainda me sentia ligada àquela família. Pensei: *Ensinar a fazer feijoada numa tarde por aquele dinheirinho tão bom? E ainda posso ajudar a inteirar pra comprar os livros da Mabel!*

— Jurandir, dinheiro não aceita ofensa. Vou lá ensinar esse feijão, sim!

Mamãe dizia que comer feijoada à noite dava pesadelo. Ela nunca esteve tão certa.

Espelho de cristal

A casa da d. Lúcia continuava igual. Fazia uns bons anos que eu não pisava ali, mas aquele parecia um lugar parado no tempo. Sempre tive essa sensação, e acho que era porque tudo na cobertura tinha uma história para contar e, segundo ela, valia muito dinheiro. O vaso oriental comprado na viagem do pai diplomata, o sofá gigante desenhado pelo arquiteto famoso, a cristaleira de madeira de lei que foi da fazenda da bisavó, a cadeira moderna que se destacava no meio das antiguidades, o espelho de cristal no quarto do casal...

As coisas daquela casa eram quase pessoas. Quando algum objeto se partia ou era danificado, parecia que eles entravam em luto profundo. Jogar uma xícara no lixo era a mesma coisa que enterrar outra vez gerações e gerações. Depois de passar cinco anos apenas na minha própria casa, observei que lá, ao contrário do apartamento da d. Lúcia e do seu Tiago, as coisas que tinham história eram outras.

Objetos feitos pela mão de gente, apenas os santos do canto de rezas da minha mãe no quintal. As plantas, todas elas tinham um passado grande que ia muito além de mamãe ou da mãe de mamãe. Com cada uma eu fazia uma receita de comida ou remédio diferente. Se o sol estivesse alto e a roupa no varal, a lembrança era uma. Se a tarde caía nublada e a luz na sala descia, a lembrança era outra.

Os nossos móveis eram de lojas de departamentos que fomos trocando aos poucos, porque não duravam muito. Eu não enterrava minha avó quando um prato de jantar partia. Não tinha nenhuma memória impressa nele. Era só ir ao mercado e comprar outro. Pronto. Não sei por que pensei nessas coisas quando entrei naquela mesma sala, que me deu tanto trabalho em meu primeiro dia de serviço ali. Sei lá, os móveis pareciam ter olhos me vigiando. Esconderiam outra carteira para testar minha honestidade?

Meus pensamentos desviaram quando Camila me recebeu com um abraço apertado. Fez uma festa quando me viu. Ela estava muito mudada. Não parecia mais aquela menina tão mimada e desaforada que irritava tanto Mabel. Bonita, me pegou pela mão e me levou para o seu quarto. Estava completamente diferente do dormitório de princesa e cheio de pelúcias que me faziam espirrar e aspirar quase todo dia. Computadores e telefones modernos, uma cama de casal, cartazes emoldurados que, aposto, também valiam muito e contavam alguma história de viagem para o estrangeiro.

D. Lúcia não estava em casa, mas, segundo Camila, chegaria logo. Ela me mostrou as fotos da cidade para onde iria, igualzinha a gente via nos filmes. Parecia estar muito feliz. Fomos para a cozinha e ela me apresentou Luzia. Animada, disse para a moça que agora, sim, ela saberia como cozinhar uma feijoada de verdade.

Uma voz de criança chamou minha atenção. Por um minuto voltei no tempo e quase chamei pela Mabel, mas era Gilberto, ou simplesmente Gi, o filho de quatro anos de Luzia. Ele me olhou com seus olhinhos alegres e correu para me mostrar o carrinho com que estava brincando, um boneco de super-herói e alguns rabiscos feitos com giz de cera, que ele jurava que eram "a mamãe, a vovó e a titia".

"E o papai?" Minha cabeça fez a pergunta que eu não diria em voz alta sem muita intimidade com Luzia. Agachei e fiz um carinho nos cabelos fartos do menino.

— Está na hora de raspar essa jubazinha. Né, filho? — disse Luzia.

— Ele tá muito lindo assim. — Completei com um sorriso, mas Luzia se aproximou para falar baixinho perto de mim.

— É a d. Lúcia que toda hora me fala isso...

Sem mais demoras, partimos para a aula de feijoada. Um dos segredos, Luzia aprendeu logo, era triturar alguns grãos cozidos e misturar na panela para engrossar o caldo. Camila entrou na cozinha e me abraçou por trás.

— Por que você teve que ir embora, Nice...?

Não respondi nada. Apenas sorri. Ela ficou ali, sentada na mesa da cozinha observando meus movimentos. Parecia que seus pensamentos estavam levando-a de volta à infância.

— Couve, cebola, alho... — Fui conferindo os itens, mas faltavam ingredientes. — Camila, eu não passei a vocês a lista, menina?

Ela sorriu e deu de ombros. Fiz outra vez uma lista rápida e Luzia se prontificou a ir buscar enquanto eu adiantava outras tarefas. A hora já ia avançada, e o feijão demoraria mais tempo para cozinhar. Eu tinha hora para voltar para casa. Timidamente, Luzia pediu para que Camila olhasse Gilberto um pouco. Não podíamos parar o trabalho, e as panelas quentes eram sempre um perigo. Senti no tom de sua voz tão sumida o quanto ela achava aquilo errado. Ela deveria cuidar do menino, não podia pedir algo assim para a filha da patroa. Era o contrário: Luzia cuidava e recebia ordens, Camila era cuidada e ordenava.

Camila não se opôs. Luzia ia levar poucos minutos para ir ao mercado próximo. Tirando o avental, ela se apressou em sair. Gilberto seguiu com Camila para dentro do apartamento e eu fiquei na cozinha. Ouvi a campainha tocar umas três vezes. Eram as amigas chegando na maior algazarra.

Eu escutava de longe o burburinho das moças, a vozinha fina do Gi de tempos em tempos perguntando pela mãe, a voz da Camila... Pensei até ter escutado d. Helena. Como será que estava Bruninho? Já devia ser um homem. Será que tinha conseguido avanços em sua saúde sempre delicada? Será que já trabalhava? Estando de volta àquela casa, eu não tinha como não recordar o dia em que o vaso se partiu.

Não escutei mais Gilberto. *Deve estar distraído com seus desenhos, tentando retratar a mamãe, a vovó...*, pensei enquanto cortava a couve bem fininha, fatiava laranjas e fazia a farofa, mergulhada nas recordações que aquele lugar me trazia. Lembrar de Bruninho me fazia lembrar também de

Irene. Nunca me esqueceria dela... Instintivamente fui apressando o serviço. Uma agonia repentina tomou conta de mim. Queria sair dali o mais rápido possível. Jurandir tinha toda a razão. Por que fui inventar de voltar lá? Fiapos verdes de couve saíam da lâmina da faca, até que um deles saiu vermelho. Senti uma ardência profunda. Só não era mais aguda que o barulho do vidro se estilhaçando.

Corri pelos corredores da casa segurando o corte no dedo embrulhado num pano até ver as amigas e Camila amontoadas na porta do quarto de d. Lúcia. Lá dentro, o chão salpicado pelos cacos do espelho de cristal; caixas de vidro e outros objetos misturados ao carrinho, ao boneco de super-herói, a vários gizes de cera coloridos e aos desenhos do Gi.

Um frio percorreu minha espinha. No meio daquilo tudo estava um pé de chinelo pequeno, ao lado da cortina afastada, da janela aberta...

Ouvi d. Lúcia chegando na sala.

— Cheguei para a feijoada! Onde está todo mundo?

Ninguém tinha coragem de olhar lá embaixo.

Laje

João fazia um bico na portaria para substituir Jurandir, que estava de folga lá em casa. Depois de falar desesperada com ele pelo interfone, desci desabalada as escadas do décimo andar até o pátio. Luzia não podia entrar no prédio. Não podia! Foi tudo muito rápido. Enquanto d. Lúcia subia pelo elevador, o menino caía pela janela.

Esperto como sempre foi, João chamou os bombeiros dizendo que algum morador tinha sofrido um acidente. Eles chegaram bem depressa ao edifício, mas quem pisou primeiro naquele chão de cimento escaldante, quem avistou pela primeira vez o corpo pequeno e sem movimentos naquela laje rica e sem alma... fui eu.

Escancarei com um estrondo a porta que dava para o pátio. O sol estava muito alto, e a temperatura, sufocante. Não tinha mais ninguém ali. As crianças só desceriam para brincar no fim da tarde, num horário mais fresco. Quando avistei o Gi de longe, desacelerei. Não tive coragem. Me faltaram todas as forças das pernas e dos braços. Eu tremia como nunca havia tremido. Nem quando perdi meu bebê na juventude, nem no dia do quase afogamento do Bruninho, nem na primeira crise com o Sérgio, nem na morte de mamãe, nem no dia em que soube da gravidez e depois do aborto da Mabel, nem nunca. Eu tremia e suava e chorava.

João Pedro apareceu ao meu lado de olhos arregalados e também empapado de suor. A sirene dos bombeiros nos tirou daquele estado de choque. Quando saí do transe, só tinha pensamentos para Luzia. Corri para a amurada e vi que ela dobrava a esquina, caminhando lentamente em direção ao Golden Plate com as sacolas do mercado, de cabeça baixa, tentando se proteger do sol. Deixei João falando com os bombeiros, que correram para tentar salvar Gilberto, e saí apressada para alcançá-la ainda no meio da rua. Tirei forças não sei de onde.

— Olha, d. Eunice... Tudo caro pela hora da morte e mesmo assim peguei uma fila enorme! Mas como quem tá pagando é rico... — Ela deu de ombros e me olhou. — Mas o que a senhora tá fazendo aqui? Não tinha que estar adiantando as coisas? Demorei muito? Não diga que já deu sua hora de ir embora e...

— Luzia, aconteceu um acidente...

Ela olhou por cima do meu ombro e só aí viu o carro dos bombeiros. Meu olhar entregou que era algo com Gilberto. Luzia começou a gritar, chamando a atenção das pessoas na rua. Tentei abraçá-la, mas ela se soltou de mim e correu para o edifício. A policial nos deixou passar quando eu disse que Luzia era a mãe do menino e que eu estava no apartamento.

No pátio, os paramédicos já haviam imobilizado a criança, mas não deixaram que nos aproximássemos. Luzia só sabia chorar de desespero e gritar que não tinha demorado nada, que tinha ido comprar umas coisas por ordem da patroa, que não era possível, que... João nos disse que ele estava vivo e que iam lutar para salvar sua vida. Isso fez com que Luzia ao menos parasse de gritar.

Não sei como souberam tão rápido, mas naquele momento uma equipe de televisão saía de um carro. Lá embaixo, alertada pela reportagem, muita gente já estava na porta do edifício. João desceu para tentar controlar as coisas junto com o novo síndico. Vi quando chegaram seu Tiago e a polícia. Os jornalistas foram em cima dele. Até que um oficial se aproximou de mim para fazer perguntas. Subimos.

No apartamento, d. Lúcia e as amigas tentavam acalmar Camila, muito nervosa com a presença da polícia. Entendi que começava ali um drama longo... ou seria a continuação dele? A polícia, que já tinha começado a tirar fotos, não deixou ninguém sair e passou a fazer perguntas. Dessa vez, tomavam imagens não do quartinho-masmorra de Dadá, mas da elegante suíte de casal com closet dos donos da cobertura, do apartamento mais valioso daquele valioso condomínio.

D. Lúcia falou baixo comigo e levei um susto. Eu estava muito mergulhada na dor por Luzia, pela criança, por todas nós... Ela fez um sinal discreto para que eu a seguisse.

— Era eu quem estava aqui quando o garoto se acidentou, ouviu, Eunice?

— Como assim, d. Lúcia? A senhora chegou e o menino já tinha caído e...

— Não interessa. É isso o que você vai dizer à polícia. Eu sei me virar. Já combinei com todo mundo.

D. Lúcia mais uma vez escondia e desculpava os erros da filha, que sob tamanho estresse voltou a ser a garota que conhecíamos bem, cheia de vontades e achando que o mundo devia pedir permissão a ela para existir. Quando Camila, chorando muito, veio me abraçar, sussurrou no meu ouvido, sem que ninguém escutasse, implorando que eu a ajudasse.

Sim, era o começo de um caso longo. Camila estava encrencada, e d. Lúcia já havia combinado com todo mundo a história que contaria.

Só tinha esquecido uma pessoa.

TERCEIRA PARTE
Solitárias

Quarto de empregada

Levei um tremendo susto quando ouvi a voz de Eunice na cozinha. Quanto tempo! Minhas paredes tremeram, pois foram muitos anos velando o sono dela e de sua filha Mabel. Sei que eu, no fundo, não era um quarto. Eu era uma solitária. Exatamente. Uma prisão, um lugar destinado a apartar do mundo e do restante dos viventes. Sou tão pequeno... mas sei também que consegui abrigá-las como nenhum outro cômodo da casa. Por estar muito consciente disso, a voz de Eunice me encheu de alegria e saudade, mas igualmente de melancolia.

Saco de lixo.

Todo quarto de empregada é próximo à grande lixeira da casa, porque está sempre no fundo do profundo do imóvel. Nós, os "quartinhos", estamos sempre perto dos odores da vida das pessoas que não nos habitam. Perfume francês, patê de fígado de pato, vinho caro, trufas, papel higiênico, absorventes, suor. Quase tudo era deles.

Eunice e Mabel moravam dentro de mim, mas não eram as donas da casa, e quem era proprietário da casa nunca me habitava. Nem mesmo passava do limiar da porta. Por vezes, podia sentir bons cheiros vindos da cozinha, outras horas o mau hálito vindo dos sacos pretos dentro de caçambas de plástico, que eu achava muito parecidas com bocas e gargantas que tragavam o que ninguém queria.

Descartáveis.

Ela chegou com aquele jeito carinhoso de sempre e foi logo se apresentando para Luzia, a moça que agora me habitava com mais frequência. Luzia não vivia aqui da mesma forma que Eunice e Mabel viveram. Os tempos mudaram e, como d. Lúcia não queria pagar direitos trabalhistas, contratava seus empregados em dias alternados para que não houvesse vínculo empregatício. Nunca entendi isso muito bem. Eram tão ricos... por que não? O fato é que a moça chegava, trocava de roupa, deixava seus pertences no armário e partia para as tarefas.

Orgânico.

Vez ou outra Luzia vinha com o pequeno Gilberto. Qual a mãe que trabalha que nunca precisou levar o filho junto para o serviço? Ele enchia o ambiente de alegria. Dizem que o riso de uma criança pequena espanta o diabo. Olha, se o demônio existe, isso deve ser verdade, porque não há nada mais cheio de verdade, pureza e encanto. Eu ouvia suas brincadeiras, aquelas de garoto que brinca sozinho, imaginando mundos... e o mundo era ali, nos limites das minhas paredes. Já estava acostumado, pois Mabel fazia a mesma coisa quando era pequena.

Reciclados.

O mundo imaginado por Mabel era diferente daquele idealizado por Gilberto. Bem diferente... mas algumas coisas eram iguais. Eu queria poder abraçá-los de verdade, mas há como um quartinho como eu abraçar sem sufocar? Acho que consegui em um dia de temporal, quando a menina Mabel estava com muito medo do escuro desta casa enorme, e também quando a garota Irene estava com muita cólica e querendo um lugar escondido para sentir livremente aquela dor no ventre que às vezes vem quando o sangue feminino desce. Coitadinha, era apenas a terceira ou quarta vez na vida que ela estava sentindo aquele incômodo. Vi como ficou aliviada de não estar com o uniforme manchado de vermelho. Por falar em conforto e útero, acho que fui um para Mabel quando o dela se contraiu tanto, mas tanto, que impediu que ela fosse mãe-criança. Eu vi...

Catando papéis.

Mabel saiu desta casa com vaga numa das melhores universidades do país, mas isso não basta para se manter num curso que exige dedicação em tempo quase integral. Ela deve ter precisado trancar a faculdade algumas vezes. É quase certo que sua caminhada tenha sido bem mais acidentada que a de Camila ou mesmo de Bruninho, com todas as suas limitações. Eu me orgulho de ter sido casa para aquela menina. Ela é muito tinhosa! Quando quer uma coisa, traça um plano, uma reta. Eunice, do seu jeito, também. Acho que as duas erraram em se demorar tanto por aqui. Bem... é difícil julgar. A vida não é fácil para uma mulher como Eunice, sem qualificação e desempregada. O que faria? Poderia catar papéis, talvez. Ela se sentia muito interrompida e encarcerada.

Acompanhei cheio de orgulho e emoção quando Mabel começou a ensinar a Eunice algumas coisas. Acho que foi depois que a mãe de Eunice morreu. A menina pegava uns livros na pilha, que já tinha formado uma pequena torre no canto perto da janela, e lia com e para a mãe. Um dia Eunice leu em voz alta para Mabel um trecho que me deixou constrangido: "... 2 de novembro. A coisa que eu tenho pavor é de entrar no quartinho onde durmo, porque é muito apertado. Para varrer o quarto preciso desarmar a cama...". Elas pararam a leitura do dia nesse ponto porque Eunice molhou as páginas daquele livro, *Quarto de despejo*, com seu pranto.

Acontece que existem prisões e prisões, mas existe uma que não tem nenhuma grade e nenhuma parede. Acho que era dessa cadeia da alma que João Pedro sempre quis se livrar. Aquele garoto... João não aceita correntes. Nunca aceitou. É um milagre que Jurandir esteja conseguindo se aproximar da aposentadoria vivendo com ele neste prédio. Mentira. Eu sei por que Jurandir preservou seu emprego.

Invisíveis.

João saiu do Golden Plate para cuidar da vida fora daqui. Ele teve de se virar para arrumar dinheiro e, ao contrário do que todo mundo imaginava, não se meteu em nada ilegal. Ele vivia sempre por aqui porque, entre outras coisas, trabalhava como entregador. Horas e horas em cima de uma moto. Jurandir não se conformava, mas João não deixava que ninguém traçasse o caminho por ele. Vez ou outra rendia o pai na portaria para tirar mais um dinheiro extra. João era como muita gente por aí, como muitas que ocupam quartinhos como eu, ou seja, estão em muitos lugares, fazendo muitas coisas ao mesmo tempo, mas são tratadas como invisíveis e dispensáveis.

Mabel seria médica. Imagina se ia namorar um entregador de pizza? Ela, eu sei, não ligava, mas ele achava que isso pesava. Acompanhei enquanto ela e Cacau estudavam juntos aqui. Achava que faziam um casal bonito, mas faltava alguma coisa. Faltava a labareda que vi uma vez entre ela e João. Mas como nem só de fogo se vive, vi também como ela e Cacau entrelaçaram as mãos e construíram um amor. Aquilo foi belíssimo... Mabel e Cacau... que casal poderoso eles formariam.

Sim, quartos se emocionam. Cômodos também se encantam e se escandalizam. Concreto imprime memórias. A sala contou para o quarto, que contou para o corredor, que contou para a cozinha, que me contou. Os ouvidos das paredes escutaram tudo. O que aconteceu com o filho de Luzia era fácil de entender. Principalmente para nós, que abrigamos a intimidade que julgam não estar à vista de ninguém.

Todos viram e escutaram quando Gilberto começou a chamar pela mãe e a aborrecer Camila, que não quis tomar conta da criança depois que a campainha começou a tocar e as amigas foram chegando, prometendo uma festa animada. Eunice seria naturalmente acionada por ela, mas estava muito ocupada com as panelas quentes. O que ninguém viu foi que Camila colocou o garoto no quarto da mãe — o mais confortável —, deu papéis para desenhar e fechou a porta, mas não a janela. Gi subiu na cômoda para alcançar o parapeito e chamar pela mãe. Ele se desequilibrou, derrubando o espelho no chão com uma das pernas, deixando ali um dos pés de seu chinelo, e o outro voou junto com o menino para a laje de cimento do pátio.

Ouvir a voz de Eunice fez minhas lembranças percorrerem todas as não crianças que passaram por aqui. João Pedro, Cacau, Mabel, Irene, Gilberto, Dadá. Pessoas que nunca tiveram a chance de ser inconsequentes na única fase da vida em que isso deveria ser natural. D. Lúcia e seu Tiago — e não só eles — tratavam Camila como criança quando era criança e igualmente depois que já não estava mais na infância havia muito tempo. É curioso reparar como algumas pessoas nesse mundo não têm direito à meninice. Quando ainda mal se sustentam em cima das pernas, são vistas como adultas; enquanto outras serão para sempre garotas e garotos. Em geral as primeiras frequentam quartinhos como eu.

Camila abandonou um menino de quatro anos sozinho em um cômodo fechado e com as janelas abertas no décimo andar! D. Lúcia faria de tudo para que ela não assumisse as consequências de seus atos, para que a filha continuasse para sempre, eterna e irremediavelmente... criança.

Eunice permaneceu sentada na mesa da cozinha e mergulhada em seus pensamentos. A policial e um colega se aproximaram dela dizendo que queriam fazer algumas perguntas de praxe. Eu via a silhueta de d. Lúcia atrás deles, mas de frente para Eunice na divisa do corredor. Até que o homem pediu gentilmente que ela os deixasse a sós.

A mulher perguntou a Eunice o que tinha acontecido, o que tinha visto. Ela então apontou para as panelas e os muitos utensílios espalhados pela cozinha, informando que estava ali para fazer a comida, que estava atrasada pela

144

falta de paio, alho, cebola e louro, ingredientes que Luzia tinha saído para buscar. Por fim, falou que não tinha condições de saber exatamente o que havia acontecido na sala e no quarto.

— Mas... Luzia pediu a alguém para tomar conta do menino? Foi a senhora?

Eunice acusou o golpe. Deixou transparecer um instante de hesitação e, mais uma vez, se esquivou.

— Sim, ela pediu, mas não foi para mim. Não vi a quem, pois estava ocupada com as tarefas por aqui...

Os policiais se entreolharam. Eunice media cada vírgula que dizia. Parecia guiada por algum fantasma. Os oficiais franziram a testa e decidiram que não continuariam com o interrogatório ali. Informaram que, caso precisassem, voltariam a fazer contato para que ela fosse à delegacia.

Então o interfone tocou. Eunice atendeu e pediu licença para descer um instante. Tirando o lenço da cabeça e desamarrando o avental, ela passou pelo batente da minha porta. Sentou-se na cama por um segundo, olhando para o nada. Alguma coisa ainda mais grave acontecera e mudara nos olhos de Eunice. Eu vi, eu senti... E eu imprimi nas minhas paredes essa mudança.

Quarto de porteiro

Fumaça.

Era normal aquele tom cinzento que às vezes tomava conta do ambiente. Um basculante no alto da parede bem que tentava, mas não dava conta de fazer circular todo o carbono e renovar o ar que enchia meus pulmões. Em edifícios como o Golden Plate, uma casa de porteiro típica é irmã da garagem. Para quem entra, é a primeira porta fechada que encontra. Para quem sai, a última.

— Quero ver quem vai calar a minha boca. Eu vi, eu vi!

Motor roncando.

Alguém dava partida num carro do lado de fora, e João Pedro, do lado de dentro, estava irado, socando minhas paredes. A noite caiu e a tragédia no prédio foi parar nos telejornais. Deu tempo de Jurandir chegar ao Golden Plate, que ainda tinha policiais interrogando testemunhas. Convocada pelo noivo, Eunice entrou com um ar cansado e preocupado. Ele e Cacau, que também tinha acabado de chegar da faculdade, estavam na sempre difícil tarefa de conter João, que via e pressentia a montagem de uma história para atenuar culpas.

— Eu vi quando d. Lúcia subiu. O menino já tinha caído! Ela quer esconder a filha. Vão tentar de tudo pra culpar a própria mãe do garoto. D. Eunice... isso não pode ser! Não pode! João, do jeito dele, é um cara que briga por justiça. E o jeito dele, na maioria das vezes, é desastrado. Isso é o que sempre apavorou o pai. A cegueira que toma conta do filho quando vê algo que julga muito injusto. Quantas vezes vi Jurandir acordado, preocupado com o futuro dele, aflito para que não se metesse em confusão...

Mais fumaça.

Cacau tinha asma, e João, crises alérgicas. Jurandir tinha descoberto algumas complicações cardíacas. Vinte anos de gás carbônico servido na sala de jantar cobraram seu preço. A aflição daquele momento começava a deixar João sem ar.

Quando os meninos eram mesmo meninos, Cacau era o que conseguia tudo na lábia. Sabia tirar um "sim" de dentro do "não" com muita habilidade. Um mestre desde pequeno. E assim conseguiu tudo o que quis do pai e dos moradores do Golden Plate. Caso Jurandir não tivesse sabido orientar muito bem, certamente Cacau poderia se tornar alguém muito perigoso com aquele poder todo de manipulação.

João nunca teve paciência para tanto papo. Ele era muito direto e prático. Às vezes é preciso ser assim. Os dois se completavam: um amaciava e o outro batia. Cacau se encontrou cedo. Desistiu da engenharia e seguiu para uma tal de "relações internacionais". João estava demorando, mas no dia da morte de Gilberto acho que finalmente encontrou o rumo.

— Querido... se você usar toda essa vontade de fazer o certo, vai acertar muito na vida. Agora, se continuar socando parede, o máximo que vai conseguir é dedo quebrado.

Cano de descarga. Freio.

As palavras de Eunice tiveram o poder de fazer João parar de se bater no espaço tão minúsculo do pequeno apartamento. Jurandir queria saber, com calma, tudo o que tinha acontecido. Apesar do cansaço, ela começou a contar como as coisas sucederam no décimo andar, sob os olhares atentos de Jurandir e Cacau e com João de cabeça baixa e punhos cerrados, como que tentando conter tanta raiva. Finalmente chegou quem estava faltando, Mabel. Ela vinha do hospital onde estava fazendo residência.

Oh! Como tinha virado uma mulher bonita, charmosa, interessante... Uma médica! Fazia anos que eu não a via. Ela deixou o Golden Plate no dia da comemoração do vestibular para nunca mais voltar. Na noite em que brigou com d. Lúcia, dormiu aqui. Ela no sofá da saleta, Jurandir e Cacau no beliche do quarto.

— Gente... Mãe...

D. Eunice começou a soluçar imediatamente. João também.

— Ele já chegou lá sem vida — informou Mabel.

Quadro de chaves. Alarme da porta.

Como todo meio do caminho que se preze, ninguém chega aos carros sem passar por aqui. Ouvimos um burburinho de vozes e automaticamente todos ficaram calados para tentar decifrar o que estavam dizendo do lado de fora. A cena que se seguiu entre a porta da casa do porteiro e a da garagem eu vi pelo meu basculante semiaberto.

— É isso, d. Lúcia, por isso não dá para abrir nossa casa para essas moças virem trabalhar com criança... É complicação na certa! A culpa não é de vocês e é um absurdo esse imbróglio todo. Imagine, vocês, pessoas tão distintas, numa delegacia! Contem comigo. Sou testemunha.

— A gente só queria ajudar a moça, sr. Feitosa, e agora estamos sendo acusados nem sei de quê...

O tom de d. Lúcia era de lamento, respondendo ao general Mingau, a "autoridade" do prédio. Mabel abriu a porta com um gesto brusco.

— A senhora não tem vergonha nessa cara? Nem "sabe de quê"?

— Não é hora disso, Mabel...

— Quando vai ser hora de dizer o que essa mulher precisa ouvir, Jurandir?

— Por favor, filha...

— "Por favor" digo eu, mamãe! Uma mãe acaba de perder seu filho por conta da negligência e da arrogância dessa família, mas sou eu quem tem de ser razoável?

— Ah... agora você se importa com maternidade e morte de crianças?

Mabel olhou para a ex-patroa da mãe com uma expressão de ódio como eu nunca tinha visto nos olhos daquela menina, agora uma mulher consciente da intencionalidade das palavras e dos atos. D. Lúcia lançou o raio para o trovão de João explodir. O general gritava chamando Mabel de metida a besta, de pé-rapada. E aí até Cacau, que costuma ser mais frio, esquentou. Eunice e Jurandir empurraram os jovens para dentro do apartamento, e era Mabel agora quem mais parecia um "bicho enjaulado".

Ronco de motor. Pneu cantando.

Aquela atmosfera sufocante e meio cinzenta com a qual já estavam acostumados pareceu adensar. Eu poderia encaixotar blocos daquele gosto de guimba de cigarro não fumado que escapava de veículos caros, que não eram menos tóxicos que qualquer outro. Lá fora, berros de jovens chegando alcoolizados de alguma festa, alheios aos dramas que se desenrolavam no edifício naquele dia triste ou em qualquer outro. A gritaria invadiu o ambiente e quebrou o silêncio sepulcral que tomava conta deste quarto de porteiro.

— Quem aqui vai falar?

Os cinco se entreolharam. Pareciam decidir não o destino de Camila, mas se poderiam ou não dormir tranquilamente nos próximos anos de suas vidas.

Camila, sua família, Luzia e as testemunhas daquele dia nefasto se viram em um inferno, envolvidos com jornalistas, polícia, advogados e uma polêmica enorme. Não teve viagem. Camila foi impedida de sair do país até o término do inquérito. O caso caminhava com muitas reviravoltas, mas em poucos meses os tempos seriam outros. Horas sombrias cobririam o mundo.

Quarto de hospital

Uma doença trancou todo mundo dentro de casa. Semanas e dias e minutos e segundos fechados nas residências que, por maiores que fossem, se transformaram em — que ironia! — quartinhos. Tudo virou solitária. Todavia, no interior das células existem sempre partículas menores, e eu, o CTI, era o confinamento dentro do confinamento.

O primeiro corpo a tombar no Golden Plate estava entre aqueles que sempre são atingidos antes dos demais. Hilda começou a apresentar tosse ininterrupta e febre, sintomas que seu empregador imediatamente "diagnosticou" como uma gripe comum, já que ele também tinha os sintomas. Os dois passaram a tomar toda sorte de medicamentos ineficazes, até que ambos estavam no limite das forças. Ela, desesperada, pediu auxílio a uma filha, que no mesmo instante acionou um serviço de saúde. Hilda foi internada com os pulmões bastante comprometidos. O general também. Hilda não resistiu. Algumas semanas de internação depois, a família do militar culpou a cuidadora, que precisava se deslocar de tempos em tempos, pelo falecimento do general Feitosa. A família de Hilda culpou a família do general.

Jurandir, Cacau e Eunice, alertados por Mabel, passaram a se precaver com rigor, ficando em casa o máximo que podiam. João, porém, agora é que não saía de cima de sua moto. Trabalhava triplicado. Partia todas as manhãs da favela onde morava e, fizesse sol ou chuva, supria quem morava em bairros como o do Golden Plate. Acabou se contaminando. Felizmente, ele teve a doença com sintomas leves, mas viu outras pestes se insinuarem pelas vielas e pelos becos: a fome e o desemprego. A semente germinava nele desde pequeno, mas foram os efeitos devastadores da pandemia de covid-19 na comunidade onde morava que terminaram de lhe dar a certeza de que não seria feliz se não trabalhasse em algo que ajudasse a diminuir o fosso que a cada minuto via aumentar sob seus pés.

Cacau e Mabel já estavam planejando oficializar a união e moravam juntos em um quarto e sala no centro da cidade, porque ela não podia mais ficar tão distante do trabalho. Mabel monitorava a mãe e Jurandir à distância, com extrema preocupação.

Em momentos como aquele, em que a vida mais parece um pesadelo, alguns encontros mágicos às vezes acontecem para trazer alguma cura e algum alento para enfrentar o caos. Eu, um leito de hospital, servi de encruzilhada onde se reencontraram passos que pareciam perdidos um do outro para sempre.

Mabel chegou à área isolada do hospital vestindo todo aquele aparato que dava aos profissionais de saúde um aspecto de astronauta. Ela se aproximava de mim lentamente, com a respiração acelerada, porque aqui deitado não estava apenas mais um paciente lutando para respirar entre as centenas de pessoas que ela atendia. Com os olhos abertos e implorando por algum alento estava alguém muito conhecido.

Por alguns instantes, ela sentiu-se envelhecer, usando as mesmas palavras e até os mesmos gestos de sua mãe para acalmar Bruninho. O rapaz pareceu receber mais um sopro de ar fresco ao ver o rosto conhecido de Mabel, que na infância já o livrara de apuros com Camila.

— Será que você consegue me salvar mais esta vez?

Ele buscava forças para falar, e ela, por seu turno, também tentava se manter forte e não demonstrar a aflição que sentira ao ver seus exames preocupantes. Bruninho sempre tivera a saúde muito frágil em razão das sequelas do acidente na piscina da tia. Seus males, porém, poderiam ter sido minorados se a família aceitasse sua condição e, em vez de apartá-lo do mundo, como um vaso chinês encravado no nicho da parede, tivesse deixado a criança ser criança mesmo com suas características especiais. E, assim como sempre negara as limitações do filho, d. Helena se negava a usar máscara, a manter o distanciamento social e a aceitar todas as limitações que a pandemia havia trazido.

O rapaz tinha sido o primeiro a cair doente na família, que também tinha seu Tiago hospitalizado. Agora Bruno estava recostado num leito isolado, em uma célula restrita, separada das demais por cortinas.

— Você vai se salvar porque vai lutar como sempre lutou. Ainda vamos brincar naquela piscina — disse Mabel, piscando um olho e arrancando um meio sorriso daquele rapaz que tinha um olhar mais cansado que o de muitos anciãos.

Dra. Mabel estava muito preocupada. Eu podia ver em seu olhar. Faltava pouco para a sua formatura, e ela jamais imaginara que concluiria seu aprendizado com lições duras como aquelas de forma tão repentina. Quando ela começava a preparar Bruninho para a intubação, ouviu em meio a um burburinho em algum lugar do CTI uma voz que lhe pareceu conhecida. Como era possível que estivessem brigando num lugar como aquele?

Aquilo a perturbou, mas ela se manteve firme. Bruno agora estava preso a mim, sedado, sujeito a que uma máquina fornecesse de forma mecânica o oxigênio que seus pulmões não conseguiam mais capturar. Assim que verificou estar tudo sob controle com ele, Mabel foi averiguar o que estava acontecendo.

Por vezes nem mesmo eu, tão habituado à dor e à morte, consigo me acostumar com as coisas que atestam a falência da humanidade. A alguns leitos de distância, um paciente se recusava a receber a medicação das mãos de uma enfermeira negra. A mulher saiu de perto com passos firmes e cabeça baixa. Um pequeno tumulto se formou até que acalmassem o homem e outra profissional substituísse a enfermeira rejeitada por alguém que precisava mais dela do que o contrário.

A recepção contou para os corredores, que contaram para a enfermaria, que me contou que Mabel seguiu essa voz. Ela precisava saber de onde a conhecia. E, então, o segundo susto do dia: por trás daqueles aparatos de proteção e daquela máscara, deu de cara com mais alguém daquele mesmo passado.

— Irene! — exclamou.

Apesar de obviamente mudada, mais madura... o rosto era o mesmo, e a voz, aquela voz... As duas se encararam por alguns minutos. Irene, que tinha idade para ser uma irmã mais velha de Mabel, estava agora na casa dos trinta, mas aparentava ter muito mais. Como tinha chegado àquele hospital? Qual havia sido sua trajetória de volta à cidade de onde saíra como menina para retornar como a babá que, como disse um jornal da época, "quase deixou o filho da socialite Helena Lopez se afogar"?

— Pois não, doutora?

Irene demorou a reconhecer alguém do seu passado na médica à sua frente.

— Sou eu, a Mabel, filha da Eunice, a empregada... ou melhor, ex-empregada da d. Lúcia.

Irene a olhou como quem admira uma rosa desabrochada. Com o rosto coberto e apenas os olhos à mostra, sua expressão de surpresa, ternura e encantamento transbordou das pupilas dilatadas.

E elas ficaram ali, em meio àquela brancura hospitalar. Como que por instinto, as duas se encaminharam para um vestiário reservado e trocaram um longo e apertado abraço.

— Era morfina! Ele devia estar sentindo muita, muita dor...

— Não o suficiente para aceitar alívio pelas suas mãos, querida.

Irene outra vez parecia aquela mocinha que encontrara conforto no colo de Eunice, e Mabel, pela segunda vez naquele mesmo dia, se viu repetindo os gestos e as palavras de sua mãe.

— Você não teve culpa. Calma, menina... calma.

Algum tempo depois, Mabel enfim pôde ver Irene com uma expressão feliz. As duas estavam entre as enfermeiras e médicas que prendiam bolas e enfeites coloridos à cadeira de rodas do Bruninho, quando ele se preparava para deixar o hospital segurando um cartaz com os dizeres "Eu venci a covid".

Cento e sessenta dias de internação, muitos deles no limiar da morte. Foram tempos bastante difíceis, com as mais diversas complicações, das quais pensei que ele jamais sairia vivo. Bruno, mais uma vez, tinha voltado à superfície. E naquele momento não só deixava o hospital, como também devolvia a Irene a capacidade de voltar a respirar.

— De você só ouvi a história do dia do acidente na piscina... Vou viver bem, Irene. Nós vamos.

Às vezes eu ouvia quando ela contava para um rapaz desacordado e atado a aparelhos tudo o que lhe acontecera desde que os dois se viram pela última vez. Soube que, quando foi "devolvida" por d. Helena à cidade natal no interior, ganhou uma surra do pai e teve de trabalhar na roça com a família. Conseguiu então se matricular numa escola comunitária, onde se preparou a duras penas para o Enem. Ninguém em sua família acreditou que ela chegaria lá. Na verdade, nem ela mesma. Sua história é a de muita gente. Conseguiu a vaga para estudar na capital, morou numa república e cursou a universidade com a ajuda da

156

única pessoa que lhe dera alento no triste episódio do afogamento: Eunice.

Mabel nunca soube que a mãe mantinha contato com Irene, muito menos que a ajudara de alguma maneira. Não era muita coisa, mas fez toda a diferença para que a hora do repouso não se demorasse ainda mais.

Quarto de descanso

Não há paz enquanto se habita o tumultuado quarto de despejo — seja ele real, seja metafórico. O silêncio da solitária é um estrondo, uma trovoada de desprezo que não para de soar na cabeça e na alma. Não à toa ela foi utilizada como forma de castigo. Apenas espíritos muito resistentes não se afetam pelo preterimento, e isso não é uma vantagem, porque não é humano. Foi com a consciência muito atenta a esse fato que Mabel e Eunice finalmente me deixaram chegar em suas vidas. Não o quartinho de despejo, mas o de descanso.

Quando enfim chegou o dia em que os policiais chamaram Eunice à delegacia, Mabel, Jurandir, João e Cacau estavam bastante apreensivos. O que ela diria aos oficiais sobre o dia da morte do menino Gilberto? Com a intenção de assumir para si a responsabilidade e livrar a filha, d. Lúcia combinara com as pessoas presentes no apartamento de dizer que ela estava em casa no momento do acidente.

Ela mesma não acreditava que Camila ou qualquer outra pessoa ali tivesse alguma responsabilidade. E mais: tinha certeza absoluta de que sairiam desse "desagradável incidente" sem maiores complicações. "Irresponsável é a mãe, que abandonou a criança. Ela era a responsável legal. Essa gente não pensa na hora de fazer filhos." Lúcia repetia isso em todas as oportunidades, sem constrangimento. Os vizinhos no Golden Plate, os parentes, os amigos e os convidados da feijoada que terminou em tragédia concordavam com ela, evidentemente. Eunice, pelo amor que sempre devotara a Camila, teve até febre no dia anterior ao depoimento.

Seu Tiago já estava na delegacia quando Eunice chegou, na companhia de Mabel e Jurandir. Ela o olhou com um misto de pena e preocupação. Ele estava muito mais magro em razão do longo período no quarto de hospital enfrentando a doença. O Golden Plate não era mais o mesmo. Tinha perdido vários moradores para o vírus, e os que sobreviveram estavam com a saúde abalada — para sempre, quem sabe. Era o caso dele.

— Vou acompanhar você, Eunice. Não se preocupe. Você tem direito a um advogado.

— Muito obrigada, seu Tiago, mas não precisa. Eu já tenho um.

Ele olhou em volta e avistou dois rapazes de terno e gravata chegando apressados. Um deles era João, que estava acompanhado de Luiz, advogado que o primogênito de Jurandir conhecera em seus périplos por instituições que pudessem oferecer apoio para sua comunidade durante os tempos duros de pandemia. Quando entraram na delegacia, deixaram sem reação o homem que por duas décadas pagara o salário de Eunice.

D. Lúcia havia combinado sua história com todo mundo, menos com a nova Eunice. A dona da cobertura do Golden Plate não imaginava ter de lidar com aquela mulher renovada, livre do sentimento de servidão e gratidão por receber muito menos do que merecia durante anos de dedicação e trabalho incessante. Não sabia que Eunice estava finalmente seguindo o conselho de d. Codinha e cuidando da própria vida, completando os estudos e recomeçando.

— Doutor, a festa era uma reunião com as amigas de Camila. Eu disse a elas do que precisava quando me chamaram para cozinhar, mas faltavam vários ingredientes, então a Luzia desceu para comprar. Levar o menino naquele sol ia demorar o dobro do tempo, então, como eu não podia olhá-lo, Luzia pediu para a Camila tomar conta. A mãe dela não estava na casa.

Eunice respondeu a todas as perguntas do delegado sem gaguejar, sem hesitar, sem pensar em passado nenhum. Ela só olhava para a frente. Camila não era mais criança e precisava saber disso. Eunice olhava para a frente acompanhada de todas as infâncias interrompidas que não puderam crescer. Via a figura enigmática de Dadá pelas escadas e pelos cantos do edifício, seu quarto abafado, de paredes encardidas, com bonecas feitas de retalhos.

Camila passaria a responder a um pesado processo criminal, e a família também seria processada por questões trabalhistas. Eu soube de tudo isso quando recordaram o caso todo aqui dentro, na pequena inauguração que fizeram com Jurandir, Cacau, João e Irene. Eunice finalmente fechou a porta da solitária, deixando-a para sempre, e abriu a minha, a porta do consultório da dra. Mabel Pereira da Silva.

Nesse dia, depois que a família se foi, Mabel ironicamente quis ficar solitária em seu novo quartinho. Ela abriu o livro mais recente em que estava mergulhada, *Cartas a uma negra*, e leu em voz alta: "O problema da faxina é o cheiro da vida dos outros". Ela ficou um longo tempo em silêncio, pensativa, mas aparentemente em paz. Sentou-se na cadeira giratória, olhando com cuidado cada detalhe do consultório.

Na parede, um quadro com desenhos que as crianças da comunidade onde João morava tinham feito como presente, em agradecimento a seu atendimento por lá. Em cima da mesa, a caneta cara que Cacau lhe dera de presente na formatura, depois de economizar um bocado. Na prateleira da estante, uma santinha que era de sua mãe desde menina. Dentro de um vaso bonito de cerâmica que Jurandir trouxera para ela do Pará, uma muda cheirosa de cidreira retirada do pé que fora plantado por seu pai a pedido da avó. Mabel arrancou umas folhas e fez um chá na cafeteira.

"Quando você entrar na faculdade, vai lembrar que lhe ensinei que cidreira acalma?" "Não tem nada que me tire essas certezas, d. Codinha."

O odor do chá tomou conta do ambiente. O quarto de descanso é todo aquele que tem o cheiro da nossa própria vida.

1ª EDIÇÃO [2022] 7 reimpressões

ESTA OBRA FOI COMPOSTA EM MERIDIEN PELO ESTÚDIO O.L.M. / FLAVIO PERALTA
E IMPRESSA EM OFSETE PELA GRÁFICA PAYM SOBRE PAPEL PÓLEN BOLD
DA SUZANO S.A. PARA A EDITORA SCHWARCZ EM MARÇO DE 2025

A marca FSC® é a garantia de que a madeira utilizada na fabricação do papel deste livro provém de florestas que foram gerenciadas de maneira ambientalmente correta, socialmente justa e economicamente viável, além de outras fontes de origem controlada.